Gevlogen

Helena Hanstede

Gevlogen

Van Holkema & Warendorf

Ik draag dit boek op aan alle meisjes die menen dat ze heel gelukkig zouden worden wanneer ze mooi, grappig en brutaal zouden zijn.

ISBN 978 90 475 0218 0
NUR 284
© 2008 Uitgeverij Van Holkema & Warendorf,
Unieboek BV, Postbus 97, 3990 DB Houten

www.unieboek.nl

Tekst: Helena Hanstede
Omslagfoto's: Coka
Ontwerp omslag en binnenwerk: Ontwerpstudio Bosgra BNO, Baarn
Zetwerk binnenwerk: ZetSpiegel, Best

1

Merel lepelt kersenjam op haar warme croissantje. Als ze een te grote hap neemt glijdt er een kers langs haar kin op het witte tafellaken. Getsie, wat zit ze te knoeien.

Opeens ziet ze de opengesperde ogen van haar moeder boven de krant uit naar haar kijken.

Merel veegt haar kin af met een servetje. 'Wat? Gewoon jam, geen bloed of zo.' Ze likt de kers van het tafelkleed.

'Hm,' klinkt er vanachter de dikke zaterdagkrant, gevolgd door een onverstaanbaar gemompel.

'Mam, wat lees je?'

Haar moeders handen verkreuken de randen van het papier.

'Nou, ach... niets. De rente stijgt.' (Haar moeder kan niet liegen.)

'En daar schrik jij van?' Merel staat geluidloos op en sluipt om de tafel heen.

'Ga zitten, kind,' zegt haar moeder met een vreemde klank in haar stem. De krant valt over haar bord. 'Ik ben bang dat dit, uh...' ze krabt met tien vingers in haar slordige ochtendhaar. 'Lieve hemel... Die vreemde vriendin van jou, die Patrijs, die heet toch eigenlijk Patricia? Is zij al vijftien jaar?'

Merel draait de krant naar zich toe en ziet de vetgedrukte kop. Ze leest het berichtje, haar adem stokt.

Moeder (15) gooit baby van balkon

Van onze correspondent
Breda

Een pasgeboren baby is direct na de geboorte door zijn vijftienjarige moeder van de zevende verdieping van een flatgebouw gegooid.

Het lijkt erop dat het meisje (Patricia) in paniek heeft gehandeld. De politie onderzoekt de zaak. Haar broer (Paul, 17) en haar moeder wisten niet dat ze zwanger was.

Vrijdag vroeg in de avond sloot ze zich op in haar kamer. Daar beviel ze van een te vroeg geboren jongetje. Toen haar moeder de kamer binnen kwam, trof ze het meisje huilend op het balkon aan. Uren later werd beneden het kindje gevonden.

Volgens het meisje was de baby doodgeboren. Zelf ligt ze ter observatie in het ziekenhuis.

Merel zit stil op haar stoel. Als ze het opnieuw wil lezen, veranderen de woorden voor haar ogen in wazige vlekken. Ze voelt haar moeders bezorgde blik en hoort het geduldige zwijgen.

Ze kan niet reageren. Het is alsof haar bloed acuut gestold is. 'Denk je dat...' Een hand op de hare.

In een reflex trekt ze haar armen tegen zich aan. Ze schraapt haar keel en antwoordt: 'Geen idee, mam. Ik ga douchen.'

Het lijkt of ze honderd kilo weegt als ze zich de trap op sleept. De treden piepen... Nee, het is haar ademhaling die piept en giert, door de brok in haar keel.

In de badkamer schrikt ze van haar spiegelbeeld. Ze lijkt net een geest met die glazige ogen, openhangende mond en bleke gezicht.

Ze draait de douchekraan open, wankelt en laat zich op de wc-bril vallen. Twee toiletrollen drukt ze tegen haar ogen.

Afgrijselijke beelden flitsen door haar hoofd. Dit had zíj moeten voorkomen. Zíj heeft haar beste vriendin in de steek gelaten. In de steek gelaten. Die woorden maken haar duizelig van schaamte. Zíj was immers de rots in de branding.

Als de toiletrollen plat en nat zijn staat ze op. Haar benen zijn koud en stijf. Ze draait de kraan dicht en verdwijnt naar haar kamer. Het gebonk in haar hoofd maakt denken onmogelijk. Alsof haar gestolde bloed met geweld door haar lichaam wordt gepompt. Haar gedachten komen langzaam op gang.

Die dikke buik van Patrijs, in het restaurant... 'Joh, je lijkt wel zwanger.' Maar dat bedoelde ze als grapje. Met een onvaste duim toetst ze een sms'je. *Ha ptrs, wil je dat ik kom? Lfs mrl.*

(Drie maanden eerder)

2

Tik, tik, tik. Daar gaat ze. Een halfgare op halfhoge hakjes op zoek naar lokaal 2b. In de winkel en thuis tikten de schoenen niet. Hier op de stenen vloer van deze onbekende school loopt ze vierkant voor gek. Ze sjort de banden van haar rugtas hoger en trekt de mouwen van haar trui over haar handen. Ze wordt ingehaald door hinnikende jongens die pesterig door een kudde brugklassers galopperen, zogenaamd zwaaiend met een lasso. Hun echo's kaatsen door de lange gangen.

Uit angst voor nog meer opgewonden cowboys gaat Merel dichter bij de muur lopen. Maar vriendenclubjes vormen met hun ruggen gesloten cirkels en verhinderen de doorstroming.

Ouders hebben geen benul van dit drama, bedenkt Merel. Opnieuw een plekje vinden op een nieuwe school is erger dan een marteldood sterven. Erger dan vorig jaar. Als brugklasser was ze een van de velen. Nu is ze één tussen de velen. Een nieuwe! Zij en haar broer wilden helemaal niet verhuizen. Haar ouders wel. Twee tegen twee, dus moesten ze mee. Misdadig!

Merel tiktakt achter twee giechelmeiden met halfopen rugtassen het lokaal binnen. Eentje werpt een blik over haar schouder en stoot de ander aan.

Oh god, lachen ze haar uit om die suffe schoenen? Merel probeert geluidloos op haar tenen te lopen.

De langste van de twee sleurt onhandig haar overvolle tas omlaag, er valt een banaan uit. Vlak voor Merels voeten. Oei! Onmogelijk te ontwijken. Help, ze glijdt uit. Haar achterhoofd bonkt op de tegelvloer. Haar linkerpols knakt dubbel. Tranen van pijn springen in haar ogen. In een halve cirkel om haar heen liggen de vers gekafte boeken en onder haar voet ziet ze het restant van

8

de uitgesmeerde banaan. Ze klemt haar lippen opeen om het trillen te stoppen.

Als ze opkijkt ziet ze tientallen ogen als schijnwerpers op zich gericht. Er klinken gesmoorde gilletjes. Het lokaal vult zich met een dikke damp leedvermaak. Merel stikt haast.

'Ik wil dood!' schreeuwt een stemmetje in haar hoofd. Desnoods gemarteld, alles beter dan dit. Maar ze trekt haar mondhoeken omhoog en ze doet net alsof het de normaalste zaak van de wereld is, gewoon op je rug in de klas liggen.

Juist op het moment dat ze overeind wil krabbelen, verschijnt het bananenmeisje aan haar voeten. Merel ziet blauwgelakte teennagels in snoezige slippertjes. De lange benen in de gerafelde spijkerbroek staan wijd uiteen. Een kauwgum kauwend gezicht kijkt omlaag.

Net als Roy, schiet het door Merels hoofd. Roy, haar hond, staat ook vaak met zijn poten wijd boven kleine hondjes. Dat betekent: ik ben de baas!

Het meisje hurkt sierlijk en met opgetrokken neus pakt ze de geplette schil tussen duim en wijsvinger, alsof het een dooie rat is. 'Ik zie aan je gezicht dat je ernaar snakt om je excuses aan te bieden... Nou?'

Merel schudt ja en nee tegelijk. Is dit haar schuld? Alsof die platte banaan erger is dan haar val. Ze krijgt het ijskoud van die priemende blauwe ogen en in uiterste wanhoop stamelt ze: 'Sorry.'

'Wat zeg je?' Het meisje houdt een hand achter haar oorschelp. 'Iets harder graag, niet iedereen heeft het verstaan.'

Merel krijgt geen woord meer over haar glimlachende lippen. Ze voelt zich heel klein worden. Ze wacht op een grote voet die haar zal vermorzelen. Een passend einde voor dit ondraaglijk lijden.

Het meisje kijkt met opgetrokken bovenlip naar de smerige schil en daarna, met dezelfde uitdrukking, naar Merel. Dan schenkt ze haar publiek een brede grijns, houdt de schil omhoog en zegt op luidsprekervolume: 'Dank u, dank u. Deze komische act werd mede mogelijk gemaakt door de Chiquita banaan van Super de

Boer.' De schil met geel-bruine prut ploft op Merels nieuwe spijkerbroek.

Verbijsterd kijkt Merel hoe het bananenmeisje heupwiegend verdwijnt. Ze vergeet dat ze horizontaal voor gek ligt.

En dan, uit het niets, verschijnt er een zwartharige jongen met grote witte tanden. Hij pakt de geplette banaan van haar broek en gooit die in de afvalbak. Hij verzamelt haar boeken en stopt ze in haar tas.

Steunend op haar ellebogen blijft Merel gehypnotiseerd toekijken. In een reflex grijpt ze zijn uitgestoken hand. (Oei, veel te gretig.)

Hij trekt haar overeind alsof ze niets weegt.

Ze knippert met haar ogen en opeens hangt haar tas weer over haar schouder. 'Dank je,' stamelt ze, maar hij is net zo snel verdwenen als hij kwam.

De belangstelling vanuit de klas ebt weg. De dikke damp is weer lucht geworden. Haar longen zuigen zich vol. Merel voelt een bult groeien op haar achterhoofd. Er is nog een plekje vrij, twee tafeltjes achter haar redder.

Wat een vernedering! En dan ook nog die jongen. Nog nooit heeft ze iemand zo lang aangestaard. Terwijl de hele klas toekeek. Merel bijt op haar lip. Haar pols klopt gelijk met haar hartslag. Maar de pijn is niets vergeleken met de schaamte. Natuurlijk denkt de klas nu dat ze verliefd is. Of, nog erger, misschien denkt die jongen dat wel. Ze durft hem nooit meer aan te kijken.

In blokletters staat op het bord: S. DE WITTE, NEDERLANDS. Erachter, in een slordig handschrift: ZEG MAAR SNEEUWWITJE. Een vrouw met witte pluiskrullen en een veel te wijde broek wandelt het lokaal in. Met haar donkere ogen en rode lippen lijkt ze inderdaad op Sneeuwwitje. Hoewel ze al oud is, is ze nog mooi om te zien.

Zou ze boos worden om die bijnaam? Merel kijkt gespannen toe, alsof ze medeplichtig is.

'Goedemorgen, jongens en meisjes, willen jullie áchter je tafeltje gaan zitten in plaats van erop, en zet de volumeknop wat zachter.' Het klinkt vrolijk, zangerig, als het refrein van een liedje.

Sneeuwwitje neemt plaats, vouwt haar handen ineen alsof ze wil bidden. Ze straalt een natuurlijke autoriteit uit, waardoor de klas muisstil is en wacht op een toverspreuk of zoiets.

De Witte is de mentor van deze klas en ze zou graag willen zien dat iedereen gelukkig is. Ze kijkt blij over de hoofden heen, alsof ze wil tonen hoe een gelukkig mens eruitziet. Dan vervolgt ze: 'Het geluk ligt in het gevoel dat je goed bent zoals je bent. Als jou nare en verdrietige dingen overkomen, moet je beseffen dat er ook goede kanten aan kunnen zitten. Vraag je dan af: wat kan ik ervan leren? Is er een oplossing? Je kunt de krachten en talenten in jezelf ontwikkelen. Dan moet je wél actie ondernemen, creatief zijn...'

Merels blik dwaalt af naar de donkere jongen op de voorste rij. Tussen zijn voeten staat een zwarte leren tas, met blinkende knoppen en gespen. Zijn pikzwarte haar valt over de rand van zijn T-shirt.

Bruine, gespierde armen. Hoe oud zou hij zijn? Vijftien?

Niemand had een vinger naar haar uitgestoken en hij... Víjf vingers, zijn hele hand. Opeens dringt het tot haar door dat hij niets heeft gezegd, geen enkel woord. Maar die brede lach, die grote witte tanden... Zóóó knap! Zoals hij haar omhoog heeft getrokken. Ze had die hand nooit los moeten laten.

De Witte leest alle namen op. Na de derde naam stopt ze. 'Patricia, je hebt een prachtige rug, maar ik kijk liever naar je gezicht.'

Aha, het bananenmeisje!

Terwijl Patricia zich omdraait, zwiept ze haar dikke bos roodbruine haren naar achteren.

Wow, denkt Merel, had ik maar de helft, dan zou ik er ook zo leuk mee zwiepen.

Ze mijmert opnieuw weg.

Daar lag ze op de witte tegels, een straaltje bloed uit haar mond.

De hele klas dromde om haar heen en De Witte gilde: 'Bel 112!'

De ziekenbroeders constateerden het in één oogopslag: ze was dood. 'Dood door schuld?' vroegen ze, terwijl eentje de bananenschil omhooghield.

Iedereen wees naar elkaar. Er volgden knokpartijen met bloedneuzen, gescheurde lippen en gekneusde ribben.

Nog een tweede ambulance moest aanrukken, voor de lichtgewonden. Opnieuw werd er gevochten, allemaal wilden ze mee in de tweede ambulance.

Temidden van de chaos lag zij, als een Doornroosje, wachtend op een kus die haar tot leven zou brengen.

De witte jassen tilden haar eerbiedig op de brancard.

'Merel!'

Merel schrikt op. Oei, te laat gereageerd. Iedereen kijkt weer als ze haar hand opsteekt. Ze probeert verontschuldigend te lachen. De Witte leunt met haar kin op haar samengevouwen handen. Vriendelijk zegt ze: 'Niet te veel wegdromen, meisje. Dagdromen is vluchten voor de werkelijkheid.'

Merel kluift aan het wratje op haar duim. De werkelijkheid ís toch ook om voor weg te vluchten? Wanneer je als nieuweling de klas binnen glijdt, achterover klapt en suf op je rug blijft liggen staren naar een mooie jongen.

De Witte gaat verder met de namenlijst. 'Olivier Heggemus.'

Onmiddellijk schiet de vinger van de magere jongen naast haar omhoog. Blijkbaar wil hij laten zien dat hij geen dromer is maar een oplettende slimmerik. Hij kucht voor wat extra aandacht.

Gekke naam, denkt Merel.

'Emilio Maria Hernandez,' vervolgt De Witte.

Wow, het moet niet gekker worden. Blijkbaar denkt iedereen dat, het is alweer muisstil in de klas.

De donkere jongen strijkt zijn zwarte haar naar achteren en steekt zijn hand op alsof hij een bekende groet. Zijn warme hand. Zijn behulpzame hand. De hand die de hare pakte. Ze ruikt aan haar vingers. Hmm... lekker. Niet meer wassen.

De Witte buigt zich naar voren en zegt met een overdreven luide stem: 'Hola amigo, kee taal?'

De jongen steekt zijn duim op. 'Estupendo.'

Duidelijk articulerend, alsof ze tegen een dove praat, vervolgt ze: 'Kun-je-onze-taal-al-een-beetje-begrijpen?'

Emilio leunt ontspannen achterover met zijn handen in zijn nek.

'Begrijpen ja, sprreken moeilijk.'

De Witte knikt hem vol begrip toe. 'Blijf voortaan maar vooraan zitten, dan kun je mij beter verstaan.' Tegen de klas zegt ze: 'Emilio komt uit Costa Rica, hij woont hier nog niet zo lang. We moeten dus duidelijk en langzaam tegen hem praten. En misschien kan Emilio ons een beetje Spaans leren.'

Ze maakt een gebaar naar de wereldkaart aan de muur. 'Wijs ons je geboorteland eens.'

Lenig slingert Emilio zich vanachter zijn tafeltje naar voren. Zijn wijsvinger prikt ergens tussen Mexico en Colombia. Hij kijkt trots de klas in, alsof zijn land het paradijs op aarde is.

'Dank je, Emilio, ik zou er dolgraag eens op vakantie heen willen. Het lijkt me een prachtig land.'

3

In de pauze dringen alle leerlingen met veel kabaal door de klapdeuren naar buiten.

Merel laat zich meevoeren. Ze vindt een plekje op het gras tussen de laaghangende takken van een treurwilg.

Haar pols klopt alsof er een olifant op heeft gestaan. Opnieuw schiet het bloed naar haar wangen als ze aan haar glijpartij terugdenkt. Een verpletterende binnenkomst. Ze zucht. Nu is ze voor eeuwig ongelukkig.

Ze pakt haar agenda om zich achter te verstoppen. Voorzichtig gluurt ze over de rand naar de anderen.

Emilio zit in de zon tegen de muur, hij drinkt water uit een flesje. Een veter van zijn gymp is los. Zou ze hem waarschuwen? Nee... Als hij struikelt en op de grond ligt, kan ze hem haar hand toesteken. (Pfff... alsof ze dat zou durven.)

Estupendo, wat zou dat betekenen?

Ze vist haar chocomel uit haar tas en prikt het rietje in het karton. Hé, nu ziet ze wie er op de picknicktafel zit, omringd door alle klasgenoten. Patricia!

Merel herkent het gebaar waarmee ze haar haren over haar schouder gooit. Alles glimt en glanst aan haar. Haar ogen schitteren. Ze heeft net zulke mooie lippen als Merels broertje Jochem. Grote gave voortanden, waar ze af en toe over likt. Als een diva zit ze midden op tafel. Bruine benen gekruist over elkaar, armen gestrekt naar achteren, haar navelpiercing goed in beeld. Steeds klinkt er gelach als ze wat zegt. Merel kan haar net niet verstaan. Als ze het maar niet over haar hebben. Ze had nooit die nieuwe schoenen aan moeten doen. Nu wil natuurlijk niemand meer iets met haar te maken hebben. Moet ze de rest van de schooltijd in haar eentje onder de treurwilg doorbrengen. Zou ze van haar ouders naar een andere school mogen? Merel zuigt aan het rietje. Het is alsof ze vloeibare jaloezie drinkt. Patricia is zo onweerstaanbaar. Als een magneet trekt ze de blikken naar zich toe. Kijk toch eens naar mijn perfecte borsten, smalle taille, ronde billen en mijn schattige hoofdje, lijkt ze te roepen. Merel kauwt het rietje plat. Zijzelf is het tegenovergestelde. Saai haar, niet blond, niet bruin, niet lang en niet kort. Haar ogen, niet blauw en niet groen. Kinderachtige sproeten op neus en voorhoofd en ook nog eens twee scheve hoektanden. Flatscreenborsten, volgens haar broertje. Maar het ergste... Een afgrijselijk litteken in haar elleboog. Ze kreunt onhoorbaar van zelfmedelijden. Schoonheid is zo oneerlijk verdeeld. Hoewel... Een klein muisachtig meisje met een opvallend korte nek en grote oren maakt zich los uit de kring.

Oh jee, ze komt haar kant op. Snel slaat Merel haar ogen neer. Kortnekje hurkt vlak voor Merels opgetrokken knieën. 'Hoi. Ben je nieuw?'

Merel veinst een glimlach en knikt.

'Snoezige agenda. Zijn dat vergeet-mij-nietjes?'

'Nee, margrietjes.' (Snoezig? Nooit meer iets met bloemetjes kopen.)

'Jij kwam origineel de klas binnen glijden. Lachen zeg! Weet je hoe ze je noemen?'

Merel krimpt ineen, ze wil het niet weten maar er lijkt geen ontkomen aan.

'De slipperdoos!' grinnikt kortnekje. 'Volgens mij gooide Patricia die banaan expres voor je voeten.'

Alsof het haar totaal niet boeit bladert Merel in haar agenda. 'Oh, grappig. En hoe noemen ze jou?'

(Kortnekje of flapoortje?)

'Mij? Gewoon Loes.' Ze friemelt aan een ragfijn kettinkje rond haar hals. Er hangt een zilveren poesje aan. 'Weet je wat Patricia later wordt?'

'Geen idee. Jij?' vraagt Merel iets vriendelijker. Ze voelt zich toch wel opgelucht dat er iemand met haar wil praten.

Loes laat zich naast haar in het gras zakken. 'Haar moeder is een bekende actrice uit ONM,' fluistert ze. 'Ze mag niet zeggen wie, omdat ze anders ontvoerd kan worden.' Ze laat een stilte vallen voor wat extra spanning. 'Haar moeder wil dat ze eerst haar school afmaakt, daarna mag ze ook op tv.'

'Goh!' Merel gelooft er niets van, maar hoopt dat Loes doorgaat met vertellen.

'Wie haar vader is weet ze niet. Misschien wel Brad Pitt, want haar moeder was vaak in Amerika.'

Met het poesje tussen haar lippen vervolgt ze bijna onhoorbaar: 'Ze is dit jaar blijven zitten, weet je waarom?'

Merel schaamt zich omdat ze zo gretig naar het geroddel van Loes luistert. 'Nou?'

'Omdat ze zangeres is in de band van haar vriend. Ze kon geen huiswerk maken omdat ze elke avond moest zingen.' Het zilveren poesje verdwijnt bijna helemaal in haar mond, alleen het staartje steekt uit haar mondhoek.

'En geloof jij dat allemaal?' vraagt Merel verbaasd.

Loezepoes reageert beledigd. 'Waarom niet? Het kán toch?' Even later wijst ze met haar duim naar Emilio. 'Die daar. Hij kwam bij Patricia in de groep, vorig jaar. Koek noemt ze hem. Hij is blijven zitten omdat hij slecht Nederlands spreekt.'

Merel stopt haar agenda weg. 'Koek? Omdat hij bruin is?'

'Nee, hij eet altijd ontbijtkoek. Hij zegt niet veel...Vind je hem leuk?' Loes kijkt haar nieuwsgierig aan.

'Leuk? Hoezo?' Merels hoofd duikt haar agenda achterna.

'Je gaapte hem zo aan toen hij je overeind hielp. Alsof hij een prins op een wit paard was. Haha.'

Merel klemt haar kaken op elkaar. Ze doet alsof ze iets heel belangrijks in haar tas zoekt.

'Zie je die jongen... die daar?' Opnieuw richt Loes haar duim. 'Die dunne met die debiele naam, die naast jou zat.'

Merel ziet hem. 'Ja, wat is er met hem?'

'Die heeft anorexia en stinkend rijke ouders.'

'Wat weet jij veel,' zegt Merel aanmoedigend. Ze wil deze gratis informatiebron volledig benutten.

Loes knikt blij met het poesje op haar tong. 'Ik word later journalist. En jij?'

Bioloog, wil ze zeggen, maar Loes dendert door nu ze een luisterend oor heeft gevonden. 'Weet je wie er Sneeuwwitje op het bord heeft geschreven?'

Merel schudt haar hoofd. 'Jij?' vraagt ze, terwijl ze best weet dat Loes dat niet gedaan heeft.

'Nee. Patricia natuurlijk. Weet je wat ze ook nog zei?' Met haar hand voor haar mond gniffelt ze: 'Sneeuwwitje draagt altijd wijde kleren omdat ze zo'n platte kont heeft. The ass-less teacher, noemt ze haar.'

Merel pakt een appel uit haar tas en zet er haar tanden in. Dan heet Loes waarschijnlijk the no-neck girl, of Loesje-large-ears. Handig, die grote oren vangen alle nieuwtjes op.

Na de pauze hebben ze biologie, Merels lievelingsvak. Ze leest graag boeken over dieren en het menselijk lichaam. Bioloog wil ze worden. Of psycholoog. Misschien wel dierenarts, het is ook zo moeilijk om te kiezen. Huiswerk maken vindt ze leuk, al zal ze dat nooit hardop zeggen.

Koek loopt neuriënd naar een tafel voor in de klas. Hij trommelt met zijn vingers op zijn tas, die laag op zijn heup hangt.

Merel volgt hem onopvallend. Ze laat vier tafeltjes tussen hen. Niet te dichtbij, daar zou hij wat van kunnen denken. Ook niet te ver, ze wil hem goed bekijken.

In de hoek van het lokaal hangt een menselijk skelet. De lege oogkassen omhooggericht. De onderkaak scheef, alsof hij gevochten heeft.

Merel huivert. Stel je voor dat haar botjes over honderd jaar ook in een school hangen. Zou dit skelet toestemming hebben gegeven?

Misschien moet ze dat in haar testament zetten. *Hang mijn botjes liever niet in een biologielokaal.*

Op de lessenaar ligt een mensenoog dat je als een puzzel uit elkaar kunt halen.

Daarnaast staat een schaal met uitgeblazen eieren. De kleinste zo groot als Merels pinknagel, en de grootste zou ze met twee handen moeten beetpakken.

Op de lage tafels aan de muur staan microscopen. Gaaf. Misschien mogen ze die gebruiken.

Patricia komt als laatste het lokaal binnen. Ze danst naar het skelet en kruipt onder de slappe botjesarm. 'Hai...' zwijmelt ze, 'ik hou wel van magere mannen, ik vind jou een lekker ding.' Ze kijkt in zijn holle oogkassen en knippert verleidelijk met haar zwarte wimpers.

De hele klas lacht.

Patricia doet alsof ze van alle kanten gefotografeerd wordt. Ze drukt een kus op de botjeshand en laat de arm tegen de ribben kletteren. Daarna trippelt ze naar het bord waar de naam van de leraar op staat. M.J. van der Gissen. Biologie. Met grote scheve letters schrijft ze erachter: ALS ZE ME MISSEN DAN BEN IK ......

Het gelach barst opnieuw los.

Enkele jongens fluiten bewonderend.

Gracieus beweegt Patricia zich naar een lege plek vooraan.

Merel is verbijsterd. Is Patricia voor niets of niemand bang of bluft ze er maar op los?

M.J. van der Gissen loopt het lokaal binnen en plaatst zijn tas op de stoel. Het lijkt alsof hij niets in de gaten heeft. Dan grijpt hij plotseling de bordenwisser en werpt deze met een boog naar Patricia. 'Aan jou de eer om het bord te wissen. Wie kent er een ander woord voor pissen?'

'Ik, ik, ik...' Talloze handen zwaaien om aandacht.

Merel weet genoeg andere woorden maar maakt zich klein. Ze kijkt hoe Patricia zich als een danseres beweegt tijdens het wissen van het bord. Logisch. Met zulke billen zou zij ook draaien.

De leraar wijst met zijn bril naar een meisje achterin. 'Jij daar, met je mooie bos krullen.'

'Plassen,' giechelt ze, en meteen verstopt ze haar gezicht achter haar vingers.

'Correct.'

De helft van de zwaaiende handen verdwijnt.

'Jij daar met die coole beugel.'

'Zeiken,' slist de beugeljongen en hij kijkt trots rond.

'Ook goed. Dat woord heeft zelfs een dubbele betekenis.'

Nog maar drie handen in de lucht.

'Eén woord nog.' De leraar wijst naar de magere jongen, wiens hand zo hoog reikt dat zijn mond ervan openvalt.

'Jij heet toch Ollivier, als ik het goed heb?'

De jongen kucht. 'Pardon, Olivier met één l, meneer. En het woord dat u wilt horen is urineren, meneer.' Hij praat alsof hij een hete bitterbal in zijn mond heeft.

De leraar haakt zijn duimen achter zijn bretels. 'Keurig, jongeheer, dat is inderdaad het correcte antwoord. Dank je.'

'Meneer, meneer...' Patricia balanceert op de puntjes van haar tenen en zwaait met de bordenwisser door de lucht. Ze klakt met haar tong.

De leraar slaakt een zucht en laat de elastieken bretels op zijn bolle buik ploffen. 'We houden het toch wel netjes, hè, Patricia?'

Zogenaamd verlegen draait ze de wisser rond in haar handen en glurend tussen haar wimpers, zegt ze: 'Incontinentie.'

Gegiechel en gegrinnik.

Als toegift blaast ze haar lok omhoog en knikt iets door haar knieën, klaar om het applaus van de klas in ontvangst te nemen. De leraar schudt vaderlijk zijn hoofd. Als het rumoer te lang duurt slaat hij met zijn platte hand op het bureaublad. 'Stilte! Heel goed, Patricia, maar dan hebben we het over ongewenst urineverlies. Schrijf het woord maar op.'

Patricia fronst haar wenkbrauwen en tuit haar lippen. Hier had ze kennelijk niet op gerekend. Ze verwisselt de bordenwisser voor een krijtje en schrijft: 'Inkonttienensie.'

Ze wist een t als ze de klas hoort grinniken.

'Bijna goed,' zegt Van der Gissen geduldig. 'Zoek het woord op en probeer het straks nog eens.' Hij bekijkt haar aandachtig. 'Vorig jaar was je toch blond?'

'En dom, bedoelt u?' Patricia trekt brutaal één wenkbrauw op.

'Nee, dat bedoel ik niet, wel grappig dat je het zelf bedenkt. Wie de schoen past, trekke hem aan.'

Patricia legt het krijtje weg en schudt haar haren los. 'Tssss... daarom ben ik dit jaar rood.'

Van der Gissen merkt niet dat Patricia hem nijdig aankijkt. Hij bladert in een boek en zegt peinzend: 'Weet je waar je een beetje op lijkt? Op een patrijs, die heeft ook zo'n roestkleurige kop.'

Patricia trekt verontwaardigd haar bovenlip op. 'Nou, nou, nou! Dat vind ik niet erg aardig. Ik zeg toch ook niet dat u op een overjarige bulldog lijkt.'

Merel kan haar ogen niet van Patrijs afhouden. Ze ziet eruit als een lief prinsesje maar ze klinkt als een boze stiefmoeder.

De leraar houdt het boek omhoog en laat een foto zien. 'Kijk, dit is een patrijs. *Perdix perdix* is de Latijnse naam. Prachtige vogel, helaas zeldzaam geworden door de schaalvergroting in de landbouw. Goedgekeurd? Mag ik je voortaan Patrijs noemen?'

Patricia wipt op en neer en trekt een fronsrimpel. 'Kunnen die kippen goed vliegen?'

'Hmm, het zijn geen hoogvliegers,' antwoordt de leraar. 'Ze vliegen zich nog wel eens te pletter tegen de doorzichtige geluidsschermen langs de snelwegen.'

Gegrinnik vanuit de klas.

Patrijs kijkt kippig naar het puntje van haar neus, ze tuit haar lippen als een snavel en klapwiekt met haar armen. 'Cool, als ik het hier zat ben, vlieg ik naar het vogelparadijs.'

De leraar wuift haar weg met het boek. 'Prima, maar nu weer even serieus.'

4

Van der Gissen opent zijn tas en pakt de lijst met namen. Zijn ogen vliegen over het papier.

'Merel? Wie mag dat wel wezen?'

Merel krimpt ineen, waarom zij als eerste? Ze probeert relaxed haar hand op te steken.

'Aha, daar. *Turdus merula*, nog zo'n mooie vogel.' Hij glimlacht. 'Die bruine vlekjes op je neus, als een echte jonge merel. Merel en Patrijs, willen jullie samen achter de eerste microscoop gaan zitten? Eens kijken, is er nog een vogel in de klas?'

Olivier roept: 'Ik heet Heggemus, mijn achternaam is Heggemus.'

Patrijs beslist anders. 'Meneer, die donkerbruine!' Ze mikt met een pistoolhand op Emilio. 'Hij heet Koek.'

De leraar krabt met een brillenpoot op zijn hoofd. 'Koek? Oh, je bedoelt natuurlijk Koekoek. Het spijt me, *prunella modularis*,' zegt hij tegen Olivier. 'De meisjes prefereren een *cuculus canorus*.'

Merel ziet Oliviers hand en mondhoeken zakken.

'Goed. Koekoek, Merel en Patrijs, in het doosje naast de microscoop zitten dode insecten. Bekijk ze nauwkeurig en schrijf op wat je ziet en wat je erover weet.'

Patrijs steekt een vuist omhoog en joelt: '*Yes, fasten your seatbelts!*' Ze schuift drie stoelen naast elkaar en tikt op de zittingen, als een ongeduldige piloot die zo snel mogelijk het luchtruim in wil.

Wat een toeval, denkt Merel, zit zij zomaar bij die twee, en alleen omdat Patrijs haar haar rood heeft geverfd.

Kauwend op haar kauwgum opent Patrijs het insectendoosje. '*By the way*, turdus mozzarella, weet je waar jíj me aan doet denken?'

Merel staart naar het doosje en vraagt zich angstig af of ze het wil weten. Ze leunt achterover op haar stoel.

'Een pasgeboren kuikentje dat uit het nest is gevallen... Kijk niet zo benauwd, ik eet je niet op.'

'Sorry,' zegt Merel automatisch. Ze balanceert op de achterpoten van haar stoel.

'Bóé!' roept Patrijs opeens vlak voor haar gezicht.

Merel tuimelt achterover, maar wordt net op tijd opgevangen.

Het is Koek. Zou hij steeds op het juiste moment op de juiste plaats zijn? Haar eigen bloedmooie beschermengel?

Patrijs klemt Merels hoofd tussen haar handen. 'Kijk me aan, slipperdoos! Wil je een goeie tip? "Ja, graag," zegt ze dan!'

'Ja, graag,' antwoordt Merel, verdoofd door angst en schaamte.

'Als je het lekker vindt om gepest te worden moet je vooral zo blijven doen.'

'Hoe... zo?' stamelt Merel.

'Je moet rechtop zitten. Kijk, zo. Tieten naar voren!' Patrijs inspecteert haar boezem. 'Och toch, poor chicken, je hebt nog helemaal geen tietjes.'

Merel zit verkrampt rechtop, zoals Patrijs demonstreert. Ze weet niet waar ze haar handen moet houden.

'Begrijp je dat ik het voor jóú deed,' vervolgt Patrijs met een veelbetekenend hoofdknikje naar Koek. Ze blaast een kauwgumbel kapot en beweegt het hoofd van Merel op en neer.

Merel slikt. Ze snapt er niets van. Het liefst zou ze hard wegrennen. 'Wat dan, w-wat deed je voor mij?' piept ze.

'Kom, kom, kuikentje, iedereen zag hoe verliefd je naar Koek keek toen hij je van de grond raapte.'

Merels hart slaat op hol. Kon het nog erger worden? Achter zich hoort ze Koek grinniken.

'Vind je het niet hartstikke tof van mij?' Patrijs' neus raakt bijna de hare. Opnieuw beweegt ze Merels hoofd op en neer. 'Ja,' zegt ze dan.

Merel hapt naar adem en schuift met stoel en al naar achter. 'Ik heb allang een... een vriend,' hakkelt ze.

'Oh ja, joh?' klinkt het ongelovig. 'Hoe heet de gelukkige?'

'Uh... Roy.'

'Roy hoe?'

'Roy de Labradeur.'

'Hm. Klinkt voornaam.' Ze pakt het doosje en met haar lange zwartgelakte nagels plukt ze er een dode bromvlieg uit.

Koek legt opeens een opengeslagen boek onder hun neus en tikt op een gespikkelde bruine vogel. 'Kijk, isse m-mirrél, is mojje vogel. Mirrél zegt: tsjink-tsjink-tsjink.'

Patrijs kijkt met één gefronste wenkbrauw van het boek naar Koek en snuift: 'Ha, hoor hem. Die spreekt al hele volzinnen.'

Ze laat de bromvlieg voor zijn gezicht vliegen en zegt honend: 'Kijk, kukuloris: isse strrontvlieg, isse moi insect.'

Merels tenen trekken krom van de zenuwen. Nu zal Koek toch wel woedend worden?

Niet te geloven. Hij slaat met zijn handen op zijn dijen en giert het uit.

Van pure opluchting krijgt Merel ook de slappe lach. Ze stikt er bijna in. Snel veegt ze een traan van haar wang.

Patrijs rolt met haar ogen en mokt: 'Hoera, heb ik weer, twee olijke lachebekjes om me heen. Nou, jullie passen goed bij elkaar.'

Om de beurt kijken ze door de microscoop; naar de doorzichtige vleugels van de bromvlieg, zijn griezelig dunne poten en zijn grote facetogen.

Koek pakt een harige spin uit het doosje. 'Kijk, Patrrijs.'

'Shit!' vloekt Patrijs en ze draait zo abrupt haar hoofd weg dat de spin in haar zwiepende haar verstrikt raakt. Ze schreeuwt moord en brand. De leraar komt aangerend. 'Zit stil!' buldert hij. Dat helpt. Patrijs zit, met stijf dichtgeknepen mond en ogen, doodstil op haar stoel.

Nog voordat de leraar zijn bril op zijn neus heeft gezet, lukt het Merel de spin te pakken.

Patrijs gluurt tussen haar oogleden en huivert overdreven.

'Arachnofobia,' zegt de leraar. 'Angst voor spinnen. Zeer ongebruikelijk bij vogels.'

Luid gelach.

De leraar maant de klas tot stilte. 'Vanaf nu houden jullie je snavel. Schrijf op wat je weet over die insecten.' Hij beent terug naar zijn lessenaar.

Patrijs fatsoeneert haar kapsel en sputtert: 'What goes around, comes around.' Onverwachts trekt ze de stoel van Koek weg, net als hij wil gaan zitten. Hij valt op zijn gat. Vervolgens pakt ze het vogelboek om hem op zijn hoofd te slaan.

'Niet doen, joh.' Merel kijkt in de richting van de leraar en grijpt het boek uit Patrijs' handen. 'Laten we opschieten.'

Koek zit alweer op zijn stoel.

'Oké, vertel wat je weet, ik schrijf wel.' Patrijs pakt een schrift en steekt haar pen als een sigaret tussen haar lippen.

Merel pakt het lieveheersbeestje en legt het in haar handpalm. 'Het lieveheersbeestje eet wel honderd bladluizen per dag, daarom wordt het gebruikt bij de biologische bestrijding van luizen. Het lieveheersbeestje is erg slim, het laat zich voor dood van een blaadje vallen om de belager te foppen.'

'Pjoe!' doet Patrijs. 'Hoe weet je dat? Ben je hoogbegaafd of zo?'

Merel ontspant zich, blij dat ze zo veel insectenboeken heeft gelezen.

'Oké, kuiken, vertel! Hoe schrijf je "incontinentie"?'

Langzaam spelt Merel het woord. 'I-n-c-o-n-t-i-n-e-n-t-i-e.'

Patrijs schrijft het op de binnenkant van haar hand en tikt Merel dankbaar tegen haar zere pols.

'Au!'

'Wat nou au? Hé, by the way,' ze grijpt Merels duim en trekt een vies gezicht, 'daar zit een smerige wrat. Moet je wat aan laten doen!'

Op het bord schrijft ze: INCONTINENTIE. Als ze de puntjes op de i's zet, breekt het krijtje in tweeën.

De leraar kijkt goedkeurend. 'Prima.'

Misschien bén ik wel hoogbegaafd, denkt Merel. Die gedachte maakt haar blij.

Met haar pols tegen haar bovenlijf gedrukt fietst Merel naar huis. Dag kind, hoe was het op school? zou haar moeder vragen. 'Hoi, mam.' Merel gooit haar tas op de keukenstoel en duikt de koelkast in. 'Dag, kind, hoe was het op school?' vraagt haar moeder, stuntelend met een pleister.
'Estupendo... Heb je bloed?'
'Ach ja, die enge stanleymesjes. Ik schoot uit. In welke doos zou het zilveren bestek toch zitten? Maar uh... heb je al Spaans gehad?'
'Nee, ik weet niet wat het betekent, maar het klinkt wel lollig.'
Merel pakt een litermaatje met vers geperst sinaasappelsap en schenk haar glas tot de rand vol.
'Estupendo betekent geweldig of fantastisch,' antwoordt haar moeder. 'Ik heb ooit een cursus Spaans gedaan. "Vamos a la playa,"' zingt ze opeens, terwijl de pleister op haar schoot valt.
Merel rolt met haar ogen. 'Mam, alsjeblieft, doe niet zo irritant opgewekt.' Ze pakt vlug de pleister en draait die handig om haar moeders middelvinger. Opeens hoort ze zichzelf zeggen: 'In onze klas zit een jongen uit Costa Rica.'
Met het enge mes snijdt haar moeder een kleine doos open en jubelt: 'Ha, het zilveren bestek. Hoe lang is hij al in Nederland en hoe heet hij?'
Roy leunt tegen Merels benen in afwachting van een aai. Merel duwt hem met haar knie aan de kant. 'Geen idee, nog niet zo lang. Hij heet Emilio, maar iedereen noemt hem Koek omdat hij altijd ontbijtkoek eet.'
'Wat flauw. Jij noemt hem toch geen Koek? Neem hem eens mee, misschien kan ik Spaans met hem praten,' stelt haar moeder voor.
Merel neemt een slok en morst sap over haar hand. Oh jee, had ze nu maar niets gezegd. 'Denk je soms dat hij dat leuk vindt?' Ze

bukt en slurpt aan het glas, met haar handen op haar knieën ge-
leund. 'Au!'
'Wat au?'
'Niets.'
'Laat eens zien.' Haar moeder pakt Merels pols en beweegt het
gewricht. 'Doet dit pijn?'
'Naauuw!'
'Hoe komt dat?'
'Van mijn fiets gevallen,' liegt Merel zonder te blozen.

Met een ingezwachtelde linkerarm ligt Merel op de bank.
Roy legt zijn kop op haar buik en snuffelt aan het verband.
'Vrouwtje heeft een zeer pootje,' zegt Merel met een lief stemmetje.
Roy kwispelt.
'Daar mag jij niet om lachen, lelijke stoute hond,' zegt ze en ze
krabbelt hem tussen zijn oren.
Roy schudt heftig met zijn achterlijf en duwt zijn neus tegen het
verband.
'Au! Ja, ga nou maar weg.' Ze duwt hem met haar voet van zich
af.
Wat zouden ze op school zeggen? Zou iemand er wat van zeggen? Liever niet, ze had al voldoende aandacht getrokken, genoeg voor de rest van het jaar. Patrijs mocht niet weten dat het
door haar banaan kwam. Uitglijden was al zo'n afgang. Jezelf
pijn doen: ronduit onvergeeflijk, nog erger dan een scheet laten
in het openbaar. Ze was gewoon van haar fiets gevallen.
Hé, mazzel, bedenkt ze opeens. Zolang ze die zere pols heeft
hoeft ze niet naar gymnastiek. Niemand zou haar monsterlijke
litteken zien. Hoe lang kan een pols zeer doen? Een jaar?
Haar moeder legt een trosje druiven op haar buik. Ze blijft staan.
'Doet 't nog pijn?'
Merel kreunt, kauwend op een druif. 'Mam, hoe zeg je in het
Spaans: "Ik ben van mijn fiets gevallen"?'

'Jeetje, zoek ik wel voor je op. Ga je met die Spaanse jongen praten? Denk je soms dat hij dat leuk vindt?' Ze lacht er gemeen bij.

Merel gooit een druif naar haar hoofd. 'Mam! Jij let niet op. Costa Rica zei ik, niet Spanje!'

Op haar kamer voor de spiegel oefent Merel hardop: '*Me he caido de la bici*,' tot het klinkt alsof ze vloeiend Spaans spreekt.

Daarna zegt ze: 'Roy is mijn minnaar en als ik achttien ben, gaan we samenwonen.' Het moet een terloopse opmerking lijken. Als Patrijs zo leuk kan liegen, kan zij dat ook. Toch? Haar moeder speelt in ONM, ja hoor!

Ze probeert verleidelijk met haar wimpers te knipperen. Krankzinnig! Het lijkt alsof ze last heeft van stront in haar ogen. Dat vergt nog vele uren oefenen en... natuurlijk, mascara.

Op de slaapkamer van haar ouders rommelt ze in de make-updoos van haar moeder.

In spiegelbeeld is haar hand zo onhandig. Shit, ze had jaren eerder moeten beginnen met make-uppen. Nu loopt ze als enige met een blotebillengezicht rond.

Jakkes, de mascara zit ín haar oog. Zwarte tranen vloeien over haar wangen.

Oogschaduw, lipstick en poeder, het gaat al beter. Nu nog een goeie glimlach uitproberen. Hm, niet te blij. Het moet mysterieuzer. Alsof ze boordevol geheime binnenpretjes zit.

'Hi-ha, ga je naar carnaval? Als hoer?' Het is Jochem, haar broer. In zijn nieuwe blauwe shirt staat hij haar te begluren. Zijn voet tegen de deur, zodat Merel die niet dicht kan knallen.

'Ja, dáhág! Ga jij eens gauw je kamer opruimen, smurf.'

Er verschijnt een vette grijns op zijn dikke lippen. (Lippen waar ze haar hele leven al jaloers op is.)

'Ik heb een rooie fopneus, wil je die? Of heb je liever mijn snorkel?'

'Opzouten jij.' Merel gooit een pantoffel naar zijn hoofd.

Jochem doet de oordopjes van zijn mp3-speler in en danst zijn debiele ik-heb-schijt-aan-je-dansje.
Even later poetst Merel de dikke laag make-up van haar gezicht.
Had Jochem gelijk? Lijkt ze op een hoer?

Ondanks haar zere pols lukt het een elastiek om haar haren te draaien. Met de krultang maakt ze kleine pijpenkrullen over haar voorhoofd.
Met haar vaders scheermes verwijdert ze alle haartjes op haar bleke benen. Roze lak op haar nagels.
Ze draait rondjes voor de passpiegel. Beter.
Haar fantasie is niet meer te stoppen.

Hé, kijk eens, daar loopt Merel, je zou haar bijna niet herkennen.
Wat een beauty. Geinig dat palmboomstaartje.
Ze schijnt hoogbegaafd te zijn. Ze weet alles over insecten en ze kan foutloos spellen.
Als ze achttien is, gaat ze samenwonen met haar minnaar.

Op de trap passeert ze haar vader, op zijn sokken en in onderbroek.
Hij fluit. 'Kind, wat zie je er hip uit.'
Merel ergert zich aan het woord hip, maar zegt eenvoudig: 'Dank je, pa, jij ook.'
Hij loopt grinnikend achteruit de trap op.
De eerste keer dat ze haar vader pa noemt in plaats van pap.
Moest hij daarom lachen?
Eventjes twijfelt ze. Hij zou haar toch niet uitlachen?
Heupwiegend loopt ze naar de keuken, haar verbonden pols drukt ze tegen haar maag, haar rechterhand ertegenaan. Handen, leuke dingen, maar waar laat je ze? Steeds in je broekzakken stoppen is maf. Hoe doet Patrijs dat?
Ze leunt tegen het kozijn en bestudeert haar nagels. 'Ma?'
Haar moeder kijkt op. Het vaatdoekje valt uit haar hand en haar mond zakt open. 'Má? Bedoel je mij?'

Merel blaast nog eens over de roze lak. 'Ja, jij bent toch mijn ma? Of ben ik een vondelingetje?'

Elegant zakt ze door haar knieën en pakt het doekje tussen duim en wijsvinger. Ze blaast een lokje van haar voorhoofd. 'Alsjeblieft. Weet je het Latijnse woord voor merel?'

'Dank je, kind. Even denken... El mirlo is het in het Spaans. Jeetje, het Latijnse woord... Ik zou 't echt niet weten.'

'Ik wel,' zegt Merel. 'Turdus merula. Jonge merels hebben net zulke sproeten als ik.'

Haar moeder knikt nadenkend. 'Hm, ja. Ga je morgen zo naar school?'

5

Met de auto wordt ze naar school gebracht, want fietsen met een zere pols is onverantwoord, vinden haar ouders.

'Wil je dat ik meega om de gymles af te zeggen?'

'Dank je, ma, dat briefje is genoeg.' Alsjeblieft zeg, een moeder achter je aan. Of zíj achter haar moeder aan.

'Zal ik je ophalen?'

'Ik loop wel, doei!' Oei, ze knalt de autodeur iets te hard dicht. Ze zwaait bij wijze van excuus.

Lekker vroeg nog. Alleen wat voetballers rennen fanatiek achter hun bal aan.

Ze trekt haar rokje omlaag tot onder haar navel. Die mag best gezien worden. Ze haalt diep adem. Oké, rechtop lopen, licht draaien met de heupen. Ja, beter zo, veel beter. En dan nu die perfecte glimlach.

In het fietsenhok hangen Loes en Olivier over hun fietssturen naar elkaar toe gebogen.

Over wie zouden ze roddelen? peinst Merel. Een moment later weet ze het.

Loes kijkt haar richting uit en spert haar ogen wagenwijd open. Olivier volgt haar blik en met een overdreven gebaar schermt hij zijn ogen af alsof Merels aanblik hem pijn doet.

Merel balt haar vuisten. Oh help, wat bezielde haar? Ze likt de lippenstift van haar lippen.

'Aaau!' De voetbal knalt tegen haar kuit. In een reflex maakt ze een suf huppelsprongetje.

De jongens jubelen: 'Yes, yes!'

Loesje no-neck giechelt als een ongestelde kip en jongeheer Olivier knort als een verkouden big.

In de meisjestoiletten hangt een scherpe chloorlucht. Merel laat het deksel op de pot vallen en ploft erop. Ze snuift wat dunne snot op en staart naar de krassen in de deur: KUT. Juist, zo voelt ze zich. Het elastiek in haar haren zit pijnlijk strak. Ze rukt het los. 'Au.' Er zit een pluk haar aan het elastiek. Ze schudt haar hoofd en wrijft in haar ogen. Shit, haar mascara. Opschieten, doortrekken. Straks denkt iemand nog dat ze zich verstopt.

Zachtjes ontgrendelt ze de deur. Niemand te zien. Voor de spiegel krijgt ze opnieuw een schok.

Help... Een heks uit een griezelfilm. Holy shit, water! Paniekerig veegt ze haar ogen schoon en kneedt ze haar kapsel in model. Oh god, dit komt nooit meer goed.

Een mollig meisje stapt neuriënd binnen. Ze buigt zich naar de spiegel en zegt: 'Hoi.'

Merel twijfelt. Zei het meisje 'hoi' tegen zichzelf?

'Hoi,' zegt Merel, ook tegen haar spiegelbeeld.

'Heb jij je arm gebroken?' vraagt het meisje.

Merel tilt haar pols omhoog. 'Bedoel je dit?' (Kut, natuurlijk bedoelt ze dat.) 'Ja, van mijn fiets gevallen. Ik werd aan-, nee omvergereden door een auto. Een vrachtauto.'

'Goh, klote.' Het meisje duwt haar krullen in model en likt langs haar lippen. 'Deed het pijn?'

'Ja, nee, ik heb een hoge pijngrens, ik piep niet zo gauw.' Wow, gebroken. Dat klinkt stoer.

Het meisje trekt een ontevreden gezicht. 'Shit, ik heb een *bad hairday...* Jij ook, haha.' Ze loopt neuriënd weg.

Merel vraagt zich verbijsterd af hoe je kunt neuriën als je haar niet goed zit. Zij kan wel janken.

In het wiskundelokaal schuift ze achter een raamtafeltje. Haar verbonden pols houdt ze onder tafel.

Het lokaal druppelt vol. Niemand merkt haar op. Hoewel... toch. Haar hart slaat een slag over. HIJ! Koek steekt groetend zijn wijsvinger omhoog.

Merel zwaait terug. Fout! Suffe zwaaihand! Beter opletten hoe anderen groeten. Daar verschijnt prinsesje Patrijs. Kauwend op haar eeuwige kauwgum. Felgekleurde kralen strak om haar hals. Het haar opgestoken met een paar plukjes langs haar wangen. Zilveren oorhangers met glittertjes. Een mini spijkerrok en een strak rood truitje met driekwart mouwen, net kort genoeg om haar nieuwe navelpiercing te showen.

Patrijs toont haar mobieltje aan een jongen die een halve kop kleiner is dan zij.

Oh god, ze kijkt... haar hand gaat omhoog. Merel steekt haar wijsvinger op, zoals Koek dat deed. Jezus, nee, hè... wat vreselijk... wat een afgang.

Patrijs kijkt dwars door haar heen, alsof ze onzichtbaar is. Haar opgeheven hand woelt door haar haren. Ze groette haar niet! Ze zág haar niet eens!

Merel laat haar opgeheven vinger ook ergens op haar hoofd landen. Heimelijk kijkt ze of iemand haar mislukte groet heeft opgemerkt. Help... Olivier grijnst naar haar. Hij steekt zijn vinger langzaam op en laat hem op zijn voorhoofd belanden. Zijn tong hangt scheef uit zijn mond en zijn ogen rollen omhoog als een volslagen idioot.

Wat een klootzak. Het liefste zou ze die smerige grijns van zijn smoel meppen.

De wiskundeleraar, kaal en klein, praat voortdurend tegen het bord, waar hij eindeloze getallen op krabbelt. Tot nu toe heeft hij al zeven keer 'laat ons zeggen' gemompeld.

Merel is de enige die nog luistert ondanks het rumoer in de klas.

Koek tekent in zijn agenda, spinnen met vliegjes in hun web.

Olivier loert naar Patrijs.

Patrijs trekt gekke bekken naar haar mobieltje, maakt foto's van haar tong, likkend over haar lippen.

Loesje no-neck, sabbelend op haar zilveren poesje, begluurt beurtelings Olivier en Patrijs.

Aan het einde van de les vraagt de leraar of hij duidelijk was. De klas knikt en humt. Agenda's worden dichtgeklapt en opgeborgen.

Na de les volgt Merel Patrijs op een afstandje. Olivier passeert haar, kucht overdreven en vraagt hijgerig aan Patricia of ze ook van magere jongens houdt.

Patrijs scant hem van top tot teen en zegt dan: 'Of ik van jóú hou? Nou, misschien later als je groot en rijk bent.'

Hij blijft haar als een puppy volgen.

In het glas van de klapdeur ziet Patrijs Merel. Ze draait zich naar haar verbonden arm met een minifronsje in haar voorhoofd.

'Nee, maar, poor chicken, alweer een slippertje gemaakt?'

Merel lacht. Iets te luid. 'Aangereden door een vrachtauto.' Er zit een klontje mascara op Patrijs' wimpers. Gelukkig, anders zou ze te perfect zijn.

Olivier druipt af op zijn dure gympen.

'Zat je te suffen?' vraagt Patrijs. 'Droomde je van je vriendje?'

'Ik? Welnee, die chauffeur lette niet op, ik had wel dood kunnen zijn.' Merel houdt haar pols omhoog. 'Halfjaar niet gymmen.'

'Echt gebroken? Deed het pijn?'

'Mwoaa, ik heb een hoge pijngrens, ik piep niet...'

Patrijs grijpt haar verbonden arm en drukt er vlug een kusje op. 'Zo! Over!' Plotseling duwt ze haar mobieltje onder Merels neus. 'Scheetje, hè, Nokia met camera, van Stefan gekregen. Gisteravond. Stefan is mijn vriend. Hij zat vorig jaar ook op deze school. Ik stuur hem foto's van mijzelf, vindt-ie leuk. Wil je hem zien?' Ze tovert een jongenskop op het beeldschermpje.

'Lekker ding,' liegt Merel omdat ze denkt dat Patrijs dat graag wil horen.

'Ja, hè. Hij werkt in de garage van zijn broer. Hun verdienen sloten geld.'

'Zíj verdienen sloten geld,' corrigeert Merel automatisch, zoals ze bij haar broertje ook altijd doet.

Patrijs trekt haar bovenlip op, als een grommende hond. 'Zeg, kuiken, doe niet zo irritant bijdehand!'

6

In de pauze loodst Patrijs haar mee naar de picknicktafel, die ze bestijgen alsof het hun troon is.

Als ze dicht tegen Merel aan schuift, dringt er een heerlijk geurtje Merels neus binnen.

'Wat ruik je lekker.'

'Poison. Van Stefan gekregen. Vindt-ie wel bij mij passen.' Patrijs pulkt aan haar wimpers.

Merel durft niet te lachen.

'Dat vriendje van jou, Roy, komt-ie uit Frankrijk of zo?'

'*Oui!*' antwoordt Merel, blij met dit snelle en toepasselijke antwoord.

'Spreek jij Frans?' Patrijs kijkt haar strak aan. Het klontje mascara is verdwenen.

'*Un petit peu,*' antwoordt ze. Ze drukt haar verbonden pols stevig tegen haar maag. Nu haar handen een vaste plek hebben gekregen gaat het liegen een stuk makkelijker.

Een groepje meiden hangt om hen heen, met Olivier als enige jongen ertussen.

Niemand waagt het om naast hen op de troon te klimmen. Net binnen gehoorsafstand staat Koek tegen een boom geleund. Hij eet een plak ontbijtkoek.

'*Attention please,*' roept Patrijs luid. Ze tilt Merels zere pols op en imiteert Sneeuwwitje. 'Mijn vriendin hier is gisteren aangereden door een auto. We moeten dus extra lief voor haar zijn. En misschien kan Merel ons een beetje Frans leren, want ze heeft een Frans vriendje.' Ze laat Merels pols vallen en applaudisseert.

Ongelooflijk, iedereen klapt mee. Merel krijgt er vochtige oksels van. Oh god, als het maar niet zichtbaar wordt. Ze plukt aan de draadjes van haar verband.

Op een vertrouwelijke toon vervolgt Patrijs: 'Die Roy, krijg je cadeautjes van hem? Heb je een foto op je mobieltje?'

Merel schrikt. Haar mobieltje, een afdankertje van haar moeder. Zónder camera. 'Roy heeft donkerbruine ogen, zwart haar... Mooi gebit, enne... Heel lief en gehoorzaam.' Jezus, wat een onzin kraamt ze uit. Zie je wel, iedereen gaapt haar aan alsof ze niet helemaal spoort.

Patrijs gebaart met haar kin naar Koek. 'Net als die daar, ook zo lief en gehoorzaam?'

Koek stopt met kauwen, trekt zijn wenkbrauwen op en lacht van oor tot oor.

Merel probeert kaarsrecht te blijven zitten. Dit kruisverhoor móét ze overleven, anders wordt ze teruggeworpen in de prullenbak bij de andere losers.

'Zit hij op school of werkt hij?'

'Roy is onze bodyguard. Als ik achttien ben gaan we samenwonen.' Merel kan haar oren niet geloven. Zei ze dit hardop? Ze werpt een snelle blik op Koek. Kauwt hij iets langzamer? Ja, hij staat stiekem te lachen. Hoewel, zijn gezicht staat altijd in de lachstand. Patrijs kijkt de kring rond. 'Hebben jullie het gehoord? Merels vriend is een bodyguard.' Ze wendt zich weer tot Merel. 'Waarom hebben jullie een bodyguard. Is je vader een BN'er?'

'BN'er?' Roder dan nu kan haar hoofd niet meer worden.

'Een bekende Nederlander, kuikentje.' Patrijs draait aan haar kralen in afwachting van het antwoord.

Kalm blijven, denkt Merel. 'Mijn vader schept er niet zo graag over op dat hij miljonair is.' Pfff... Ze krijgt kramp in haar kringspier. 'Hij is directeur van een bank.' (Wel waar, maar daarom waren ze nog niet rijk.)

Patrijs leunt met haar kin op Merels schouder. 'Nog meer mensen in dienst?' vraagt ze, spelend met de plukjes haar op Merels voorhoofd.

'Uh... Een hulp in de huishouding.'

'Bofkont, hoef je nooit te helpen thuis. Weten je ouders wel dat Roy je vriend is?' Op dat moment rinkelt de bel. Merel krimpt ineen omdat haar zenuwen ultrastrak gespannen staan.

'Slecht geweten? Aha, ze weten het niet, hè, je ouders.' Patrijs is opgetogen over haar zogenaamde ontdekking.

Merel probeert haar stem te laten druipen van onverschilligheid. 'Ach, ouders hoeven niet alles te weten, en jij ook niet.' Zo, die zit. Cum laude geslaagd voor dit lieg-en-bedrieg-examen.

'Tsss,' doet Patrijs. Ze springt van de tafel en landt voor Olivier, die blij verrast zijn armen spreidt.

'Hai, skinny boy... Mooi, hè?' Ze duwt haar Nokia onder zijn neus.

'Van mijn vriend gekregen. Stefan. Hij werkt met zijn broer in een garage. Hun verdienen massa's geld.'

Merel zucht. Zijn al haar leugens voor niets geweest? Patrijs fladdert toch van de een naar de ander.

Dagdromend sjokt ze achter de kudde aan de school in. Haar fantasieën kan ze beter sturen dan haar leugens.

Als een ballerina zwierde ze over het schoolplein, sprong door de lucht, alsof haar lichaam van elastiek was. De wind bolde haar rokje op en haar gladde bruine benen zweefden in een spagaat over de picknicktafels.

Ze landde sierlijk in het gras en draaide een pirouette als een levende tornado.

Oorverdovend applaus. 'Kijk haar nou, wie had dat gedacht?'

Een jongen maakte zich los uit het publiek en riep: 'Uitslover, ze vindt mij toch veel leuker.'

Toen Merel een laatste pirouette draaide, met wijd gestrekte armen, sloeg ze hem moeiteloos met haar knokkels knock-out.

Olivier lag aan haar voeten, knorrend als een big, maar nu van de pijn. Ze ging wijdbeens boven hem staan en zei: 'Ik zie aan je gezicht dat je ernaar snakt om je excuses aan te bieden... Nou?'

Na de laatste les verdwijnt Merel geruisloos tussen de fietsen-stallingen door, richting uitgang. Ze is niet bepaald trots op zichzelf, na al die leugens. Onbegrijpelijk dat ze zich zo heeft aangesteld. Shit, moet ze dat hele eind naar huis lopen. Ze kan beter haar moeder bellen: kom me toch maar halen, please, ik ben moe en mijn pols doet zo'n pijn. Waarom niet? Zonder haar linkerarm te bewegen trekt ze onhandig haar tas van haar schou-ders, op zoek naar haar mobieltje.

'Jij lopen? Naar huis lopen?'

Merel huivert van schrik en opwinding. Koek! Wil hij soms mee-lopen? 'Nee, nou ja. Ja.'

Ze wil dolgraag, niets liever, maar waar moet ze over praten? Over haar rijke vader? Hij heeft al haar leugens gehoord. 'Welke kant moet jij op?' vraagt ze zonder hem aan te kijken. Ze doet alsof ze een sms'je leest. Ze voelt zijn ogen op haar gericht. Haar hart pompt al het bloed razendsnel naar haar hoofd. Een hoofd dat nu drie keer zo groot en knalrood aanvoelt.

Als hij naar links moet, kan zij naar rechts. Dan loopt ze gewoon een rondje om de school. Oh jee, hij loopt al in de goeie richting. Met haar tas! Hij draagt haar tas? Vanwege haar zere pols?

Merel probeert Koek bij te houden. Het zweet breekt haar uit. Ze probeert niet te hijgen en ademt onhoorbaar door haar mond. De stilte duurt te lang, ze moet iets zeggen. Wat is er interessant ge-noeg om gezegd te worden? Niets toch zeker? Niet uit haar mond. Zal ze opbiechten dat ze heeft zitten liegen? Misschien weet hij dat allang en vindt hij haar een stomme kip. Natuurlijk! Daarom zegt hij niets. Oh god, gebeurde er nu maar iets. Iets waar al hun aandacht heen moet. Een bliksemschicht of...

Opeens voelt ze een hand op haar schouder. Ze slaakt een gilletje. 'Hallo, kuikentje, nogal schrikkerig vandaag, hè?' Het is Patrijs! Ze houdt zich op haar fiets in evenwicht door zwaar op Merel te leunen. 'Wat een schatje, hij draagt zelfs jouw tas... Heb je ook je eigen muilezeltje.'

Wat een rotopmerking. Merel drukt haar linkerpols zo stevig tegen haar maag dat die pijn doet. Ze glimlacht beleefd en loopt iets sneller.

'Hé, kuiken, kijk me eens aan,' gebiedt Patrijs streng. 'Kún je niet fietsen? Of wíl je niet?' Ze draait haar ogen veelbetekenend naar Koek, die doet alsof hij er niet bij hoort.

Merel trekt onwillig met haar schouders zodat Patrijs bijna haar evenwicht verliest.

'Ben je je tong verloren of heeft Koek je nu al met het zwijgvirus besmet?'

De angst in Merel maakt plaats voor woede. Háár belachelijk maken is tot daaraan toe, maar van Koek moet ze afblijven. 'Ik mag niet fietsen van mijn ouders,' antwoordt ze kortaf.

De hand die op haar schouder steunde, woelt nu haar haren door de war. 'Ach gossie, kippie, wip maar achterop, dan rij ik je wel naar huis. Dan heb vanaf nu je eigen fietstaxi.'

O nee toch, Patrijs wil met haar mee om al hun personeel te zien. En Roy, natuurlijk, vooral Roy hun bodyguard. 'Ik heb mijn moeder beloofd dat ik zou lopen,' zegt Merel terwijl ze haar haren fatsoeneert.

'Graag of niet,' mokt Patrijs. 'By the way, 't wordt vast een gezellige stille tocht met ezeltje Koek.' Ze fietst weg en steekt achter haar rug een middelvinger op.

Ja, hoor, Patrijs is boos. Merel voelt zich schuldig, ze deed ook wel stug. Vanuit haar ooghoek kijkt ze naar Koek. Hij tikt haar arm aan en likt met zijn tong over een kapotte hoektand. 'Ik ook, g-gevallen van fiets. Fietse is moelluk.' Merel knikt overdreven. (Zij rijdt vanaf haar vierde al zonder zijwieltjes.) 'Jouw tas... Mooi!' zegt ze opgelucht. Hij wil dus wel praten. 'Komt die tas ook uit Costa Rica?'

'Mijn oom heeft tas gemaakt, s-speciaal voor mij,' zegt hij.

Merel durft niet te lang naar zijn oogverblindende tanden te kijken. Ze zal zich geen tweede keer door hem laten hypnotiseren. Twee hele zinnen heeft hij al gezegd. Nu is zij weer aan de beurt. 'Hoe wil je dat ik je noem? Emilio of Koek?'

'Zeg maar K-koek. Is makkelijker.'
Heeft ze het goed gehoord? 'Wil je dat ik je Koekoek noem?'
Hij maakt een hulpeloos gebaar en precies op dat moment remt
er een auto naast hen.
Merels hart stopt met kloppen als ze haar moeders gezicht ziet
achter het open raampje.
'Ha, Merel, ik heb net boodschappen gedaan, stap maar in.
Hallo!' Dat laatste is voor Koek bedoeld.
Roy zit op de achterbank en perst zijn snuit door het halfopen
raampje.
Merel seint met haar vingers: 'Doei!' Wat kunnen moeders hin-
derlijk opdringerig zijn.
'Ben jij die jongen uit Costa Rica? Emilio?'
'Ja,' zegt Koek blij.
'Wat lief dat je Merels tas draagt. Willen jullie echt niet meerij-
den? Vindt Roy ook gezellig.'
Roy schudt met zijn achterwerk bij het horen van zijn naam.
Merel krijgt darmkrampen. Doorrijden, wegwezen, zegt ze ge-
luidloos. Nee hè, te laat.
Koek kijkt van Merel naar Roy. 'Aha, bodyguard Roy... Is hond! Ik
dacht al.' Hij schatert: 'Haha, goeie grrap.'
Met een dwingende duim en een boze blik gebiedt Merel haar
moeder door te rijden.
Een auto achter haar toetert. Dat helpt.
'Tot straks,' zeg haar moeder, met een krampachtig ingehouden
lach. Ze rijdt door.
Hè, hè. Waarom zat Roy uitgerekend vandaag in de auto? Hij
mag anders nooit mee boodschappen doen.
Wanneer de auto uit het zicht is kijkt Koek haar quasiboos aan.
'Jij jokkebrrok.'
Merel schermt haar ogen af met haar rechterhand. Ze lacht verontschuldigend. 'Sorry, dat doe ik anders nooit.' Het klinkt nogal ongeloofwaardig. Ze hoort Koek schaterlachen, zo aansteke-
lijk dat ze zelf ook moet lachen. Gek, als je om jezelf kunt lachen

lijkt alles minder erg. Zouden alle mensen in Costa Rica zo vrolijk zijn? Moet ze hem eens vragen.

Koek lijkt een beetje verlegen als hij zegt: 'Die bodyguard, ik niks zeggen, is jouw g-geheim. Ja?'

'Ja,' zegt Merel opgelucht. 'Het is beter dat Patrijs het niet weet.'

'Oké. Ik z-zwijg,' zegt hij ernstig en hij legt zijn hand op zijn hart. 'Ieder mens heeft geheim.'

'Oh?' zegt Merel. Wat zou zíjn geheim zijn? Die vraag brandt op haar lippen.

Hij leest haar gedachten. 'Jij wil weten, mijn geheim?' Hij strijkt zijn gladde haar nog gladder. 'Jij zwijgen? Ja?'

Merel schraapt haar keel. 'Ik ben de zwijgkampioen van onze klas... Van de hele school.'

Koek kijkt vlug om zich heen en fluistert: 'Mijn geheim is... Ik kan beter Nederlands praten dan iedereen d-denkt. Ik doe net of ik het heel moeilijk vind.'

'Hè, waarom?'

Koek lijkt te aarzelen. Dan vraagt hij: 'Heb je het niet gehoord? Ik stotter.'

'Hè?'

'Ik stotter,' herhaalt hij. 'Mensen helpen dan met p-praten. Dat vind ik vervelend.'

Opeens begrijpt Merel dat hij daarnet ook stotterde. Hij zei geen Koekoek maar K-Koek.

'Goh, dat was me helemaal niet opgevallen. Het is net alsof... alsof je eerst het Spaanse woord wilt zeggen en daarna het Nederlandse.'

Er verschijnen kuiltjes in zijn wangen. 'Echt waar?'

'Echt waar!' De adrenaline die door haar bloedvaten stroomt geeft Merel vleugels. Ze kan zijn enorme passen met gemak bijhouden. Dat hij zijn geheim vertelt... aan háár. Bijna maakt ze zo'n kinderachtig huppelsprongetje. 'Wanneer stotter je 't vaakst?'

'Als ik nerrveus ben.'

'Stotter je ook als je Spaans praat?'

41

Hij schudt zijn hoofd.

'Wacht!' Ze stopt. Haar moeders auto staat, zoals gewoonlijk, scheef op de oprit geparkeerd. 'Ben jij dan wel eens nerveus? Echt?'

Hij lacht verlegen met zijn lange zwarte wimpers knipperend tegen zijn wangen.

Even is Merel sprakeloos. Hij ziet er zo lief uit. 'Dat kun je dan goed verbergen.' Ze gebaart naar achteren. 'Daar woon ik... Nog bedankt.'

'Bedankt?'

'Mijn tas.' Aarzelend pakt Merel het hengsel van haar tas. Daarbij raakt ze hem per ongeluk aan. Meteen schiet het bloed weer naar haar hoofd. Ze wil zich snel uit de voeten maken maar bedenkt zich. 'Ik vind het heel mooi klinken, zoals jij praat, zo...' Ze durft het woord 'grappig' niet te gebruiken. 'Zo stoer.'

Koek lacht breeduit. Het lijkt wel of hij steeds meer tanden krijgt. Hij steekt zijn groetvinger op: '*Gracias, chica bonita. Hasta mañana.*'

Merel wil ook iets flitsends zeggen, maar komt niet verder dan: 'Doei.'

Ze zucht en kijkt nog twee keer achterom.

'Is dat je vriendje, die Zwarte Piet?' Haar broertje Jochem springt van zijn fiets en bestudeert haar gezicht.

'Nee, hoezo? Hoe kom je erbij?' gromt Merel.

'Waarom kijk je dan zo verliefd? En je bent knalrood. Haha.' Hij sprint met zijn fiets naar het schuurtje en zingt treiterend: 'Mijn zusje is verlie-hiefd, mijn zusje is verlie-hiefd.'

7

'Waar heb je 't met Koek over gehad?' vraagt Patrijs de volgende dag in de grote pauze. 'Hij spreekt nauwelijks Nederlands. Pas maar op, slettenbak, als Roy jullie samen ziet wordt hij stinkend jaloers. Zo zijn jongens.' Ze houdt de klapdeur voor Merel open. 'Nog last van je pols?'
'Ja, mijn pols doet nog pijn enne... Roy vindt Koek aardig. Ze hebben elkaar al ontmoet.'
Patrijs kijkt haar ongelovig aan. 'Oh, dus nu heb jij twéé vriendjes. Had ik eerlijk gezegd niet achter je gezocht. Nou ja, waarom ook niet, dan heb je altijd een reserve.'
Nu lijkt het Merel een goed moment om de waarheid te vertellen. Dan zouden ze er samen om kunnen lachen. 'Weet je, Roy is niet echt...'
'Maar waar hadden jullie het over?' onderbreekt Patrijs haar. 'Toch niet over mij, hè?'
Merel voelt een lichte irritatie. Erg goed luisteren kan Patrijs niet. Overmoedig liegt ze: 'Ik spreek ook Spaans. Koek is van zijn fiets gevallen, daarom loopt hij liever. Hij heeft mij een geheim verteld.' Onmiddellijk krijgt ze spijt. Waarom zei ze dat nou? Het lijkt wel of ze Patrijs jaloers wil maken. Of is het om haar aandacht vast te houden. Nou, succes verzekerd.
Patrijs grijpt haar arm en hangt aan haar lippen. 'Wat voor een geheim? Vertel, je kunt me vertrouwen.'
Ja, hoor, daar heb je het al. Zo vasthoudend als een pitbull.
'Dan vertel ik jou ook een geheim,' dramt Patrijs. 'Eerlijk oversteken.'
'Sorry, hoor, een geheim van een ander doorvertellen is niet eerlijk.'

Patrijs haalt narrig haar schouders op. 'Nou, je weet niet wat je mist, ik heb nog zo veel sappige geheimen, van mijzelf én van anderen.'

'Ach,' zegt Merel op volwassen toon. 'Ieder mens heeft minstens één geheim.'

'Jij ook?' vraagt Patrijs, een en al oor.

'Ja, ik ook.'

'Zeg het maar in het Spaans! Dat versta ik toch niet.'

'Oké.' Merel staart omhoog en in opperste concentratie zegt ze: '*Me he caido de la bici.*'

'Vertaal!' commandeert Patrijs.

'Nee, dat is geheim.'

'Een piepklein geheimpje dan, lief kuikentje,' smeekt Patrijs.

'Oké. *Vamos a la playa*,' zegt Merel. 'Dat betekent: wij gaan naar het strand.'

Patrijs slaat haar arm om Merels schouders en neemt haar mee naar het boombankje midden op het schoolplein.

'Gaan jullie echt naar het strand?' fluistert Patrijs. 'Ik wil mee.'

Merel zwiept haar losse haren naar achteren. 'Ik zal 't aan Koek vragen.'

'Oké, kuiken, ik vind het knap dat je Frans en Spaans spreekt, maar wil je me één ding beloven?' vraagt Patrijs achterdochtig.

Merel probeert serieus te kijken. Oh jee, haar ingewanden krijgen al de slappe lach. 'Hik.' Ze slaat een hand voor haar mond. 'Sorry, hik, wat dan?'

Patrijs schudt geïrriteerd aan haar schouder. 'Nee, serieus. Ik wil niet dat je met Koek Spaans praat als ik erbij ben.'

'Hik, best, waarom niet? Oh, ik snap het al, anders denk je dat we over jou praten.'

'Precies, er wordt al genoeg over mij geroddeld. Hebben jullie al gezoend?'

'Huh?' Merel kijkt haar onthutst aan.

'Ja, kuiken, dat is toch het eerste wat je met een nieuw vriendje doet? Of weet je niet hoe het moet?' Patrijs laat haar tong langs haar lippen glijden. 'Wil je soms met mij oefenen? Tongen kan ik als de beste en pijpen is mijn specialiteit.'

Merels middenrif schiet omhoog en haar mond zakt open.

Het riedeltje van Patrijs' mobieltje gaat en tegelijk merkt Merel dat de hik van schrik is gestopt.

Patrijs lacht vertederd. 'Een sms'je van Stefan. Ach gossie, hij mist me. Hij houdt van me. Duizend kusjes in mijn hals en... haha...' Ze drukt een kusje op het beeldscherm. 'Boefje!' Tot het volgende lesuur blijft ze berichtjes intoetsen. Merel is lucht geworden.

De volgende dag hoeft Merel het vijfde en zesde uur niet naar gym.

'Ik zeg dat ik ongesteld ben,' oppert Patrijs. 'Hoef ik ook niet.'

'Krijg je dan zomaar vrij?'

'Ik wel, let maar op.'

In de tweede pauze gaat Patrijs in het gras zitten met haar armen om haar knieën. 'Wacht even, ja nu, ga Van den Berg maar ophalen.'

'Wie?'

'Die kale terminale met die rouwrandjes aan zijn nagels... De conciërge, kuiken!' roept ze ongeduldig.

Als Merel met de conciërge terugkomt, vindt ze een schokkend hoopje Patrijs met rood doorlopen ogen. Ze maakt hijgende geluiden. Merel schrikt, dit kan niet nep zijn.

De conciërge knielt naast haar en kijkt alsof hij zelf ook buikpijn heeft. 'Gaat 't, Patriciaatje?'

Met trillende oogleden en een snotsliertje op haar bovenlip schudt ze nee. 'Vreselijke buikpijn. Hierzo.' Als een kleuter wijst ze naar haar onderbuik. 'Ik wil naar huis, snif.' Met de rug van haar hand veegt ze over haar bovenlip.

'Dat lijkt mij ook beter. Zal ik je moeder bellen?' vraagt Van den Berg bezorgd.

Patrijs kijkt omhoog naar Merel. 'Mijn vriendin brengt mij wel. Ja toch?'

'Tuurlijk.' Merel hurkt naast haar. 'Kom maar, kun je nog lopen?'

Als een slappe vaatdoek hangt Patrijs aan Merels arm. Samen strompelen ze het fietsenhok in. Door een kier kijkt Patrijs of Van den Berg is verdwenen. Dan snuit ze haar neus in een tissue, pakt een spiegeltje uit haar tas en met dezelfde vochtige tissue veegt ze de mascara onder haar ogen weg. 'Haha, ik ben al tijden niet meer ongesteld geweest. Grappig, hè, hij trapt er elke keer weer in, die schat.'

Merel sabbelt op haar wratje. Ze schaamt zich omdat zij er ook ingestonken was. 'Kun jij zomaar huilen... met echte tranen? Hoe doe je dat?'

Patrijs trekt een donkerrood lijntje om haar opengesperde mond. 'Niet moeilijk, hoor, gewoon aan iets rottigs denken. Zeg, het laatste uur hebben we verzorging. Stelt niets voor. Ik weet meer van verzorging dan die domme doos met haar hondenkontmond.' Ze hijst haar tas over haar schouders en gebaart Merel achterop te springen. 'By the way, straks bel ik wel naar school. Dan meld ik je ziek.'

Geen vraag. Gewoon een mededeling. Merel springt onhandig achterop en met haar goeie hand grijpt ze zich vast aan de stang onder het zadel. 'Maar... jouw stem, die herkennen ze toch?'

Patrijs zwiept haar haren in Merels gezicht en acteert met een nepmoederstem: 'Mijn dochter Merel voelt zich niet lekker, ik hou haar vandaag liever in bed.'

Dat is spijbelen. Dat wil ik niet, bedenkt Merel. Maar Patrijs teleurstellen wil ze ook niet. 'Vindt je moeder het wel goed als ik zomaar meekom?'

'Míjn moeder?' vraagt Patrijs en ze stopt gelijk met trappen. 'Hè, we zouden toch naar jouw huis gaan?'

Merel knijpt de stang bijna plat. Wat moet ze nu weer voor een leugen verzinnen? 'Mijn moeder is weg, naar een begrafenis. Ik heb geen sleutel... Kunnen we niet naar jouw huis?'

Patrijs draait zich om. 'Shit. En die bodyguard van je dan?'

'Die moest met mijn vader mee.' De leugens worden ingewikkeld. 'Ik wil jouw kamer zo graag zien.'

'Wie is er dood?'

'Hoezo?'

'Nou, je moeder is naar een begrafenis, zeg je net.'

'Oh, onze tuinman is dood. Gestorven aan, nee van ouderdom.' Langzaam komen de benen van Patrijs weer op gang. 'Oké, als je het leuk vindt geef ik je een metamorfose.'

'Ja, léúk!' Merels hand ontspant zich.

Patrijs rijdt door een rood stoplicht, rakelings voor een optrekkende vrachtwagen. Ze zwaait naar de chauffeur. Hij zwaait nog terug ook.

Twee stratenmakers fluiten op hun vingers.

'Foei! Doorwerken jullie!' gebiedt Patrijs hun bestraffend. De mannen schieten in de lach. 'Hé, bijdehandje, komen jullie ons dan helpen?'

Merel zet zich schrap in de lift van het hoge flatgebouw. In liften is ze altijd bang dat de kabel breekt.

Patrijs woont op de zevende verdieping. Ze nemen de lift naar de achtste en rennen de trap af naar de zevende.

'Waarom stopten we niet bij de zevende verdieping?'

'De lift voor de oneven nummers is stuk,' antwoordt Patrijs.

Merel volgt Patrijs over de galerij en schrikt van de hoogte. Ze loopt zo dicht mogelijk langs de deuren en kijkt strak naar het dansende haar van Patrijs.

Bij een deur met afgebladderde blauwe verf strekt Patrijs zich en peutert boven het kozijn een sleutel uit een kier.

'Is je moeder niet thuis?'

Patrijs wrikt aan de deurknop terwijl ze de sleutel omdraait.

'Mijn moeder geeft dansles. Ze heeft haar eigen dansschool in de stad. Daar blijft ze ook vaak slapen.'

Aha! Haar moeder is dus geen actrice. Merel glimlacht. Die domme Loezepoes.

In de kleine hal stinkt het naar kattenpis. Ze trapt op een leeg bierblikje en schrikt van het gekraak. 'Sorry.' De deur naar de huiskamer staat open... Opnieuw schrikt ze. Wow, het lijkt er wel een vuilnisbelt.

Patrijs lacht als ze Merels gezicht ziet. 'Als jullie dienstmaagd klaar is met zilver poetsen mag je haar doorsturen.'

Ze drukt met schouder en heup tegen een deur waarop een bordje geschroefd is: VERBODEN TOEGANG VOOR ONBEVOEGDEN. Merel volgt Patrijs en sluit de deur achter zich. In de kleine slaapkamer zijn alle wanden bedekt met posters van popgroepen en filmsterren. Gordijntjes met losse zomen bedekken gedeeltelijk de ongewassen ramen. De klerenkast zonder deurtjes puilt uit. Een stoel is bedolven onder broeken, truitjes, behaatjes en strings. Tijdschriften liggen scheef opgestapeld op de grond. Onder het raam staat een bureautje vol potjes, flesjes, tubes, stukjes schuurpapier en make-upspullen.

'Kijk, Stefans bandje.' Patrijs strijkt over de poster. 'Deze hier.' Een jongen met blonde stekeltjes en een sikje. Merel herkent zijn hoofd van de Nokia. STEFANS STALLIONS, staat in vette letters op het drumstel.

Naast Stefan staan nog drie jongens. Een meisje met lang blond haar en grote borsten hangt tussen hen in. Ze trekt een kusmondje naar de fotograaf.

'En die schoonheid in het midden?' vraagt Merel nieuwsgierig.

Patrijs snuift afkeurend. Ze drukt haar duimnagel in de hals van het meisje. 'Die suffe soepkip, dat is Daisy Bell, de nieuwe zangeres.'

Ai, denkt Merel, foute vraag.

Patrijs pakt een stapel tijdschriften van een wiebelig krukje en gebaart Merel te gaan zitten. Zelf ploft ze tussen haar knuffels op bed en laat zich tevreden grommend achterovervallen. Ze trapt haar slippers uit en gooit haar benen over twee kussen. Haar rokje glijdt omlaag.

Merel ziet drie rode krassen op haar bovenbeen.

'Hoe kom je aan die krassen?'

Snel schuift Patrijs haar rok terug. 'Die rotkat van mijn moeder.'

'Viel die kat je aan?' vraagt Merel verbaasd.

'Ja.'

'Waarom?'

'Zomaar.'

'Heb je broers of zussen?' vraagt Merel om het gesprek op gang te brengen.

'Een broer. Wat wil je drinken? We hebben bier of cola.'

'Cola, alsjeblieft. Hoe heet hij?'

'Wie?'

'Je broer?'

'Paul.'

Als Patrijs de kamer uit loopt schiet er een rode poes naar binnen.

'Pas op,' gilt Patrijs. 'Tijger mag niet op bed.'

Tijger springt op bed. Met een hoge staart draait hij rondjes, stoot een teddybeer op de grond en vouwt zich op als een rond kussentje. Hij spreidt zijn nagels alsof hij zijn wapens wil showen.

Merel denkt aan de krassen op Patrijs' been. Ze grijpt een tijdschrift en wappert ermee. 'Ga weg, Tijger... Wég, prrrrr!'

Tijger knipoogt met twee ogen tegelijk en begint tevreden te spinnen. 'Oké, jij je zin.' Snel pakt ze een handdoek van de grond en gooit die over de kat. Tijger spint zachtjes verder.

Merel knielt en pakt de gevallen beer. Ach gossie, wat een oudje. Zijn vacht is helemaal kaal geknuffeld. Afgesabbelde oren, een los neusje. Hé, een harde bobbel, net onder zijn kapotte navel. Daar zit een veiligheidsspeld die de vacht bijeenhoudt. Merel steekt haar pink in het gaatje naast de speld en voelt achter de harde bobbel iets scherps. Wat zit er in vredesnaam allemaal in die buik?

De koelkastdeur klapt dicht, voetstappen. Snel zet Merel de beer in de vensterbank tussen de andere knuffels.

'Het laatste restje, ik hoop dat er nog prik in zit,' mompelt Patrijs gapend. Ze plaatst het dienblad met een flesje bier, een glas cola en een zak chips voor Merels voeten. 'Ben zo terug.'

Merel kijkt om zich heen. Achter een flesje nagellakremover ziet ze een foto van een man met rood haar en een stoppelbaardje. Ze pakt de foto. Dezelfde mond als Patrijs.

'Is dit je vader?' vraagt ze aan Patrijs, die binnenkomt met een raar model sigaret tussen haar lippen.

'Hm.' De sigaret steekt ze achter haar oor. Ze pakt de foto om hem onder een stapel tijdschriften te schuiven. 'Ik heb je ziek gemeld op school. *Piece of cake.*' Haar ogen glijden over haar bed. 'Waar is Oliebeer?'

'Wie?'

'Die ouwe beer, hij zat op mijn bed. Oh, daar. Heb jij hem daar neergezet?' Ze pakt Oliebeer en plaatst hem tussen de muur en haar kussens. 'Van mijn vader gekregen. Hij noemde hem Ollie B. Bommel. Ik zei altijd Oliebeer.'

Ze gaat met gekruiste benen op bed zitten en plukt de sigaret achter haar oor vandaan. 'Heb je wel eens een joint gerookt?'

Merel maakt een afwerend gebaar. 'Een joint... Is dat een verdovend, ik bedoel, dat is een drug... drugs?' Ze bijt op haar tong. Hoor haar nu, wat een gestuntel.

Patrijs grinnikt. '*Easy, chicken.* Gewoon een beetje wiet, niet eens sterk. Mijn moeder rookt ze ook, dan slaapt ze beter.'

Jeetje. Een moeder die drugs gebruikt, denkt Merel. Shit, zit ze weer aan haar wratje te sabbelen. Snel gaat ze op haar handen zitten. 'Hoe oud is je broer?'

'Zeventien. Hij is mijn stiefbroer.' Patrijs houdt een aansteker onder haar peuk.

Ik ben te nieuwsgierig, denkt Merel. Ik moet nu iets aardigs zeggen. 'Jij hebt zo'n mooi figuur, zo... zo volwassen.'

Patrijs knikt. 'Ik eet veel rijpe bananen. Je bent wat je eet.'

'Haha,' lacht Merel. 'Als dat waar is moet ik wat minder sperziebonen eten.' Oei, Patrijs lacht niet. Ze vindt me vast weer irritant bijdehand.

Als Patrijs haar laatste slok bier op heeft laat ze een enorme boer. 'Sorry, ik heb geen manieren. Nooit gehad.' Ze houdt opnieuw een vlammetje onder de uitgedoofde peuk en inhaleert met half-gesloten ogen. Rookwolkjes kringelen uit haar neusgaten. 'Je voelt je opgelaten, hè? Je zit zo stijf.' Ze biedt Merel de peuk aan. 'Kom op, braaf meisje, doe niet zo ongezellig, neem een trekje, dan kun je je beter ontspannen.'

Merel trekt haar handen onder haar benen vandaan. Uit beleefd-heid neemt ze een klein trekje. Ze kucht de kriebel uit haar keel. 'Kom, dat schiet niet op. Nog 'n keer. Doe alsof je door een riet-je ademt.' Het klinkt onverbiddelijk.

Merel ademt uit en zuigt de sigarettenlucht diep in haar longen. Onmiddellijk krijgt ze een vreselijke hoestbui. Ze valt bijna flauw van benauwdheid. Tranen stromen over haar wangen. 'Uche, uche, uche.' Als ze gaat staan twinkelen er sterretjes om haar hoofd.

Patrijs trekt haar lachend naast zich op bed... op een kussentje? Oh nee, op Tijger! Hij schiet krijsend de kamer uit.

Het zweet breekt Merel aan alle kanten uit. 'Sorry, uche, uche...' Ze kan niet stoppen.

Patrijs reikt haar het glas cola aan. 'Jij hebt zeker nooit een ge-wone sigaret gerookt?'

Merel gebaart dat ze niet kan praten. Snel neemt ze een slok. Het helpt niet. Haar luchtpijp lijkt in brand te staan. Dit nooit meer. Voor haar geen drugs. 'Uche, uche, uche.'

Lachend opent Patrijs de deur naar het balkon. Ze duwt Merel voor zich uit. 'Zo, frisse lucht. Nu diep in- en uitademen.'

Als een dweil hangt Merel over het balkonhek. Haar hoogte-vrees slaat opeens genadeloos toe. Ze duwt haar knieën klem tussen de spijlen van het hek en durft niet eens meer met haar ogen te knipperen. De flat draait om de zandbak, diep beneden haar. Nee toch zeker! Daar zitten kaboutertjes in. Kaboutertjes

met emmertjes en schepjes. Ach nee, het zijn gewoon kleuter-
tjes.

Ze zet zich af, wankelt naar binnen en laat zich achterover op het
bed vallen. Het bed deint als een schip op hoge golven. 'Ik geloof... Ik val flauw,' stamelt ze tegen de donkergrijze wolken...
nee, het plafond. Ze hoort Patrijs vanaf een veilig eilandje lachen,
terwijl zij hulpeloos op het zinkende schip ligt.

8

Even later verschijnt Patrijs met haar Nokia aan haar voeten. Maakt ze foto's? Ze wordt opeens heel klein. Hallucineer ik? denkt Merel. Ach nee, Patrijs is als een kikker op haar hurken gaan zitten.

Als de posters aan de muur eindelijk stil hangen drukt ze zich met haar ellebogen omhoog.

Patrijs heeft 'Mad World' opgezet van Gary Jules en zingt mee met hese stem en halfgesloten ogen. Het klinkt dramatisch mooi.

Voorzichtig komt Merel verder overeind. Ze staart naar de Stefans Stallions-poster en sabbelt aan haar wrat.

Abrupt stopt Patrijs met zingen.

'Wat?' Merel schrikt van de boze blik in haar ogen.

'Weet je waar ik helemaal gestoord van word? Van die tic van jou!'

'Tic?' Merels hand schiet omlaag.

Patrijs trekt snuivend haar neus op. 'Dat gekluif aan die vieze wrat.'

'Nou, dan heb jij ook een tic,' flapt Merel eruit. Oei, ze zuigt op haar lippen alsof ze de woorden terug wil trekken. Komt het door die roes dat ze dit durft?

'Ik?' Patrijs spert haar neusgaten open als een briesend paard. 'Wat dan?'

'Sorry, niks,' zegt Merel snel. Ze bijt op haar tong om zichzelf te straffen.

Patrijs en haar brandende sigaret komen akelig dichtbij.

De opeengeklemde lippen van Patrijs openen zich plotseling. Als een vuurspugende draak blaast ze een rookwolk in Merels gezicht.

'Bóé!' brult ze en ze schatert om Merels schrikreactie. 'Stel je niet aan, kuiken. Vertel, wat is mijn tic!'

Merel gaat ineengedoken op haar handen zitten. 'Nou, misschien is het geen tic... Maar jij blaast heel vaak je pony omhoog... En je zegt altijd, nou ja, nogal vaak: "By the way." Best grappig, hoor.'

Patrijs zwijgt. Ze steekt haar kin naar voren en kijkt door de open balkondeur naar buiten. Haar gezicht staat op onweer.

Merel voelt kippenvel opkomen. Nu moet ze snel weer iets aardigs zeggen, maar wat? 'Mag ik even naar het toilet?' vraagt ze ten slotte. Ze wil haar klamme voorhoofd wassen en zien of haar ogen bloeddoorlopen zijn van het hoesten.

'Nee,' bijt Patrijs haar toe. 'Dit is mijn lievelingsliedje, luister!'

Merel blijft op haar handen zitten en wenst dat ze nóóit met Patrijs mee naar huis was gegaan.

Ze luistert naar de tekst.

And I find it kinda funny
I find it kinda sad
The dreams in which I'm dying
Are the best I've ever had.

Patrijs blaast rook in kringetjes omhoog.

Als Gary Jules zingt 'It's a mad world' springt Merel op en stoot haar knie tegen een tafeltje. 'Au!' Een glazen vaasje stuitert op de grond. Ze raapt het op. Oei, er zit een barst in. 'Sorry.'

'Bedankt, uilskuiken... Het is de deur tegenover de huiskamer en doe voorzichtig want de bril zit los.'

De wc-deur zit op slot. Nee, hij klemt. Ze drukt op de lichtschakelaar, het blijft donker. Dan de deur maar half openlaten. Geen spiegel. Wel een verjaardagskalender. Op 30 september is Paul jarig, ziet ze in het halfschemer. Dan is haar tante Anne ook jarig.

Merel plast hangend boven de pot, bang om de bril kapot te maken en omdat ze niet kan zien of de wc wel schoon is. Het ruikt er niet fijn. Vlak voor haar moet er iemand zijn geweest. Of zou het hier altijd zo stinken? Er is geen zeep. Ze spoelt haar handen en dept haar voorhoofd met wc-papier.

Hè? Hoort ze iemand hoesten? Het komt uit een andere kamer. Zou Patrijs' moeder toch thuis zijn, of haar broer? Haar stiefbroer Paul? Ze luistert in de hal, maar hoort alleen nog de muziek uit Patrijs' kamer. Als haar tas daar niet stond, zou ze stiekem weg kunnen glippen.

Samen met Merel schiet Tijger opnieuw de slaapkamer binnen. Tijger sist... Nee, het is Patrijs: 'Ksssst... snertbeest!' Kat en pantoffel vliegen langs Merels benen door de deuropening. Merel haalt diep adem en sluit de deur achter zich. 'Vind je Tijger niet aardig omdat hij je gekrabd heeft?'

'Katten zijn killers,' antwoordt Patrijs koel en ze drukt een vinger op haar lippen. 'Sssst.' Ze zingt de laatste zin mee: 'No one knew me, no one knew me.' Plotseling drukt ze haar peuk uit en pakt een schaar van tafel. 'Ga zitten. Ogen dicht.'

'Maar waarom, wat ga je doen?' vraagt Merel ongerust.

Weer die vinger voor haar mond. 'Ssst, geen gemaar, geef me je hand.'

Merel gaat zitten, knijpt haar ogen stijf dicht en tilt haar verbonden pols op.

'Andere hand, muts!' Patrijs grijpt haar rechterarm.

Knip! 'Au!' Merel trekt haar hand terug en ziet bloed op haar duim. Haar wrat is weg. 'Idioot, dat deed pijn!' roept ze boos.

'Oh ja, joh?' Patrijs trekt een pleister uit een papiertje. 'Ziezo, afgelopen met dat neurotische gefriemel.' Ze vouwt de pleister om Merels duim en drukt er een kusje op. 'Grote meid.' Haar stem klinkt moederlijk.

'Dank je,' hoort Merel zichzelf stamelen. Door de schrik is de mist in haar hoofd opgetrokken.

Wat een lastpost voelt ze zich. Ze doet alleen stomme dingen. Daisy Bell een schoonheid genoemd.

Gestikt in een joint.

Tijger geplet.

Patrijs geïrriteerd met haar wrat.

Patrijs uitgelachen om haar bananendieet.

Een glazen vaasje kapotgemaakt.

Kleinzerig gedaan.

Patrijs knipt met de schaar een zak chips open. 'Alsjeblieft.'
Ze trekt Merels trui iets omhoog en bekijkt haar navel. 'Wil je ook een piercing? Ik heb zo'n handig tangetje waarmee...'
'NEE!... Nee dank je, dat mag ik niet van mijn ouders.' Ai, wat klonk dat weer kinderachtig.
'Toe, dat zien ze niet eens. Gaatjes in je oren dan, dat mag toch zeker wel?'
In een reflex drukt Merel haar handen op haar oren. Het lijkt hier wel een middeleeuwse martelkamer. Tot haar opluchting ziet ze Patrijs' buik schudden van de lach.
'Ja, zo schiet die metamorfose niet op. By the way, wil je zien hoe je er stoned uitziet? Je bent superfotogeniek.' Zonder het antwoord af te wachten duwt ze het schermpje van haar mobiel onder Merels neus.
'Ben ik dat? Nee joh... Zo raar, ik lijk wel... Een lijk. Getver, tranen en snot op mijn gezicht... Doe alsjeblieft weg, helemaal wissen, nu!'
'Oké, oké.' Patrijs klapt het klepje dicht. 'Ik wou dat ik een zusje had, net zo'n mutsje als jij, haha.'
'Als mij? Als ik?' Merel voelt zich nog steeds in de war. Het ene moment is Patrijs aardig en het andere moment gemeen. 'Sorry van daarnet, dat ik op Tijger ging zitten.'
Patrijs grabbelt een kam en een borstel uit een lade. 'Katten hebben zeven levens en Tijger nog meer.'
'Hoezo?'
'Een poosje geleden kwam hij doodleuk met een levende merel mijn kamer binnen.'

'Een merel?'

'Ja, jouw naamgenoot, ook een jonkie met sproeten. Toen gooide ik hem met vogel en al mijn kamer uit... over het balkonhek. Per ongeluk natuurlijk. Mijn moeder vermoordt me als ik alleen maar naar haar lieveling wijs.'

Merel huivert. 'Oh, wat erg... En toen?'

'Een halfuur later stond-ie alweer voor de deur met dezelfde vogel. Of 'n nieuwe, weet ik veel.'

Ze trekt aan Merels haar. 'By the way, best mooi haar, alleen die kleur... Zo saai. Zal ik het opsteken, net als mijn haar?'

Merel kijkt omhoog. 'Prachtig, jouw kleur... Zo apart. Heeft je moeder ook rood haar?'

'Mijn moeder verft het al haar hele leven zwart. Ik zou niet eens weten hoe haar eigen kleur is. Mijn vader wel. Hij had heel mooi rood haar en zo'n stoer stoppelbaardje.'

Dus toch die man op de foto. Het verbaast Merel dat ze 'had' zei. Misschien heeft haar vader zijn haar inmiddels ook geverfd.

'Ik hoorde net iemand hoesten... Is je broer thuis?'

Patrijs negeert haar vraag en begint te kakelen. 'Vorig jaar was ik lichtblond, bijna wit. Wel veel werk om de uitgroei bij te houden. Maar Stefan vindt meisjes met rood haar sexy. Hij wil graag dat ik deze kleur hou. Ik vind het best. Ga je een keer mee naar de garage waar hij werkt? Hij oefent daar 's avonds met zijn bandje. Hé, wist je dat je twee kruintjes hebt? Dat betekent dat er twee engeltjes op je schouders zitten die je overal voor beschermen. Jij bent best een geluksvogel. Ja, echt wel. Je bent slim, je hebt rijke ouders, je hebt twee vriendjes en je hebt natuurlijk een supervriendin die jou nu omtovert in een hip fotomodelletje.'

'Ja, leuk,' antwoordt Merel met haar hoofd ongemakkelijk achterover.

'Leuk wat?'

'Uh... Leuk om mee te gaan naar die garage.' Nu Patrijs achter haar staat durft ze erover te beginnen. 'Loes zei dat je bent blijven zitten omdat je iedere avond moest zingen met de band. Ze zei ook dat je moeder meespeelt in ONM.' Merel hoort Patrijs lacherig snuiven. 'Gut, flapoortje. Heet ze Loes? Haha, wat een domme doos. Sommige mensen kun je echt alles wijsmaken. Ik heb wel een paar keer gezongen, gewoon voor de lol. Stefan zegt dat ik beter een paar zanglessen kan nemen, maar...'

'En dat van je moeder?' onderbreekt Merel haar geratel.

Patrijs zucht, met haar kin op Merels kruintjes. 'Weet je, chicken, soms moet je het leven een beetje opleuken, hoe zal ik het zeggen?' Patrijs neemt een slok bier. 'Voor mij is het gewoon wat oefenen in toneelspelen, snap je?'

'Ja.' Merel begrijpt het. Nú moet ze vertellen dat zij ook gelogen heeft over haar vader en hun bodyguard. 'Ik heb...'

'Niet iedereen kan dat. Zo iemand als jij bijvoorbeeld, jij hebt nooit leren liegen. Je zou jezelf meteen verraden met dat malle gebloos. Ja toch? Ik zou jou wel een lesje liegen kunnen geven als je dat zou willen. Wist je dat je veel meer in dit leven bereikt als je goed kunt liegen?'

Merel zwijgt en probeert niet te blozen.

'Later word ik filmster, dan vlieg ik naar Hollywood. Heb jij wel eens gevlogen?'

'Nee, ik heb hoogtevrees. Ik vind deze flat al eng,' zegt Merel.

Patrijs luistert niet eens. Ze ratelt door. 'Als ik te oud ben voor de film, word ik stewardess. Ik droom vaak dat ik kan vliegen, heb jij dat ook? Gewoon een beetje met mijn armen wapperen, dan stijg ik op, zo hoog als ik wil.'

Merels billen verkrampen bij het idee te moeten vliegen, zelfs in haar dromen.

'Hm, by the way, ik heb een heel goed idee.' Ze trekt Merels hoofd nog verder achterover en kneedt iets door haar haren. Het ruikt naar kokos.

Merel sluit haar ogen. Ze voelt hoe Patrijs een handdoek over haar hals en schouders drapeert. 'Die Tijger van jullie, waarom krabde...'

'Ik haat katten,' valt Patrijs haar in de rede. 'Mijn vader...' Ze maakt haar zin niet af en steekt venijnig een schuifje in Merels haar. 'Tijger is van mijn moeder. Hij mag in haar bed slapen.' Ze snuift. 'Hij brengt haar cadeautjes. Dooie mussen en zo. Vindt ze leuk.'

Wat wilde Patrijs zeggen met 'mijn vader'? Ander onderwerp, denkt Merel. Anders krijgt ze weer zo hardhandig een schuifje in haar haren. Ze voelt dat er bloed lekt door de pleister die om haar duim zit. Een druppel tikt op het zeil. Hè? Ze ziet heel veel bloedvlekken op het zeil. Donkerrood. Zou dat allemaal uit haar duim zijn gekomen? Ze klemt haar duim met pleister stevig in haar vuist.

'Kan Tijger met de lift naar beneden?' Oei, stomme vraag. 'Hij neemt de trap. Hm, je hebt best gewillig haar, maar het is te lang. Wist je dat bange mensen zich verstoppen achter hun haar? Als je zelfvertrouwen wilt uitstralen, moeten die gordijntjes weg. Heb je het trouwens niet warm met die lange mouwen? Wil je een hemdje van mij aan?'

'Nee, nee, dank je.' Merel wil niet dat Patrijs haar lelijke litteken in haar elleboog ziet. 'En jij dan, jij hebt ook altijd lange mouwen.'

'Naar school wel,' is alles wat Patrijs zegt.

Merel wacht op een verklaring, maar die komt niet. 'Krijg je veel zakgeld? Je hebt zo veel kleren, je kast puilt ervan uit.'

Patrijs duwt Merels hoofd omhoog. 'Ik krijg wel eens geld van Stefan. Hij heeft met zijn broer Richard een paar wietplantjes boven de garage, gewoon voor eigen gebruik. Ik help ze wel eens met oogsten. Zeg, als ik een paar lokjes mag wegknippen, dan kan ik een te gekke pony maken.'

Voordat Merel kan antwoorden, heeft Patrijs de eerste lok al afgeknipt. Bij iedere volgende lok die op de grond valt snoert haar keel verder dicht. Ze krijgt het helemaal Spaans benauwd als Patrijs ook nog eens de puntjes van haar haren verft met uitwasbare (?) zwarte verf. De melkboerenhondenkleur die ze nu heeft is echt passé, volgens metamorfosedeskundige Patrijs.

Merels mobieltje trilt in haar zak. Ze drukt hem tegen haar oor. 'Hoi, mam... Bij een vriendin... Nee ik loop wel. Tot zo.'
'Wacht, ik ben nog niet klaar.' Knip, knip. 'Waarom zo'n haast?' Knip. 'Het is je moeder maar. Ik heb je een metamorfose beloofd en die zul je krijgen.'

'Hmm...' mompelt Patrijs, 'ik zie hier een haartje dat nog niet weet of 't wimper of wenkbrauw wil worden. Weg jij.'
Bij ieder weggerukt haartje knijpt Merel in haar zere pols. Er rolt zelfs een pijntraan uit haar ooghoek, maar ze geeft geen kik. Ze had immers verkondigd dat ze een hoge pijngrens had en niet zo snel piepte. Dit zou best een test kunnen zijn.
Als Patrijs even later twintig paarsgelakte nagels droogföhnt, kakelt ze aan één stuk door over alle jongens met wie ze wat gehad heeft, waarom het uitging, en wat een enorme klootzakken het achteraf bleken te zijn. Merel luistert al niet meer. Ze humt op de juiste momenten en haar gedachten dwalen af. Stel dat haar moeder erachter komt dat ze heeft gespijbeld. Die pleister en die nagellak, hoe moet ze dat uitleggen. Oh, wat duurt dit lang.
'Zo, nu alleen je lippen en je wangen nog. Volle lippen krijg je volgens het sambalprincipe. Prikkelende stoffen die de doorbloeding stimuleren.'
Merel voelt hoe Patrijs met een klein kwastje iets vochtigs op haar lippen smeert.
'Foei, niet likken!' bromt ze.
Te laat, de sambal brandt op Merels tong. Ze veegt haar tong aan de handdoek af. 'Gadverdamme, ik hoef geen...'
'Nee! Wie mooi wil zijn moet pijn lijden, dus wie veel pijn lijdt wordt erg mooi.'
Lieve help, denkt Merel, weer zo'n Patrijstheorie waar ze zelf echt in gelooft.
'En dan, als finishing touch, je wangen.'
'Wat moet er met mijn wangen?'
'Daar maak ik appelwangetjes van.'

'Hoe?'

'Dat zul je wel zien, nee, voelen!' Ze pakt twee stukjes schuurpapier en poetst pijnlijk hard over Merels wangen. Het doet nog meer pijn dan het epileren en de sambalbehandeling.

'Slim, hè, zo kun je met goedkope middelen een heel leuk resultaat bereiken. Vooruit, kijk maar in de spiegel. En?' vraagt Patrijs trots.

'Wow!' stamelt Merel. Ze moet even slikken en weet niets positiefs te zeggen.

'Echt strak, hè? En wat zeg je dan?'

Merel kan wel janken. Ze hakkelt zoet: 'Dank je wel, supervriendin.'

Patrijs omhelst haar. 'Ah lieffie, je bent echt ontroerd, hè? Ik zie tranen in je ogen. Wacht, ik maak effe een fotootje.'

9

In de etalageruiten ziet Merel haar pleeborstelkop. Zelfs de wind krijgt geen vat op de zwartgepunte stekels. Haar ogen jeuken van de eyeliner. Haar wimpers plakken aan elkaar alsof er lijm op zit in plaats van mascara. Haar wenkbrauwen zijn enge zwarte streepjes. Haar lippen en wangen branden alsof ze met een hete strijkbout heeft gezoend. Ze lijkt nog het meest op een clown, een heel verdrietige. Ze laat haar hoofd hangen en bidt dat ze straks ongezien de badkamer in kan glippen.

Haar mobieltje gaat. Een sms'je van Patrijs. *Ha kuiken, je tas vergete. kneem morge mee. Ptrs.*

Merel antwoordt: *Tof!*

Ze gluurt door het open zijraampje van hun huis. Oh nee, hè... Daar zit Koek, breeduit op de bank. Theepot en taart op tafel. Haar moeders stem klinkt hoog, vrolijk en vooral luid.

Ze gaat altijd heel hard praten als ze ergens enthousiast over raakt. Spaanse woorden vliegen over en weer. Waar zouden ze het over hebben? Merel houdt zich schuil achter de regenpijp. Ze schaamt zich voor haar moeder. Ze schaamt zich voor zichzelf. Maar waar ze zich het meest voor schaamt zijn de hartkloppingen die ze krijgt als ze hem ziet.

Met dit hoofd kan ze onmogelijk naar binnen. Koek zou niet meer bijkomen van het lachen.

Ze sluipt de schuur in, grijpt een plastic emmer en draait hem om. Net stevig genoeg om erop te zitten. De deur staat op een kier. Zodra ze Koek ziet vertrekken, kan ze uit haar schuilplaats komen.

Met haar rug leunt ze tegen de koude muur. Met de palm van

haar hand wrijft ze in haar ogen. Bah, haar hand wordt zwart. En zelfs het verband om haar pols. Haar neus raakt verstopt, ze snuift diep in en uit.

Buiten, achter het raam, ziet ze een schim. Haar broer. Zag hij haar? Alsjeblieft niet zeg.

De deur knalt dicht en de sleutel wordt omgedraaid.

Merel krijgt kippenvel. Zou Jochem soms denken dat hij een monster heeft gevangen? Nu gaat hij vast hulp halen! Oh god, als haar moeder met Koek... Waar kan ze zich verstoppen? Nergens. Voetstappen! Vliegensvlug trekt ze een vies plastic zeiltje over zich heen.

Het geklik van de sleutel. De deur gaat open.

'Merel?' Haar moeders stem klinkt laag en verbaasd.

Op dat moment deukt de plastic emmer in. Merel gilt van schrik. Ze voelt dat het zeiltje wordt weggetrokken. Dan kijkt ze in het verbijsterde gezicht van haar moeder. Achter haar staat Jochem met uitpuilende ogen.

'Merel?' zegt haar moeder opnieuw, met twee handen voor haar mond.

En dan opeens voelt ze tranen als watervallen over haar wangen stromen. Ze drukt zich tegen haar moeder aan en snottert haar kleren vol.

Even later bekijkt haar moeder haar van een afstandje. 'Ach gossie. Je lijkt op een egeltje.' Ze schudt haar hoofd en barst in lachen uit. Dan durft Jochem ook te lachen. Steeds luider. Hij kronkelt door het hoge gras en houdt zijn hand in zijn kruis om niet in zijn broek te plassen.

Na drie keer inzepen krijgt haar moeder de haarlak weggewassen. De uitwasbare verf is niet uitwasbaar. 'Zal ik de zwarte puntjes eraf knippen?' vraagt ze.

Daar moet Merel over nadenken. Nóg korter, dan heeft ze echt een rattenkop.

Met babyolie maakt ze Merels ogen schoon. Ze föhnt, borstelt en kneedt Merels haren. 'Hm, die vriendin, hoe heet ze ook weer? Die kan beter geen kapster worden. Het is allerbelabberdst geknipt.' Ze geeft Merel een spiegel.

Afgrijselijk. Ze had gewoon 'nee, dank je' moeten zeggen tegen Patrijs.

'We gaan snel langs de kapper,' zegt haar moeder. 'Dat kan nog net voor het eten. Ik wil die Patrijs wel eens ontmoeten, dan kan ik haar uitleggen dat ze echt te ver is gegaan. Laat haar maar een andere vriendin opzoeken.'

'Mam, ik geloof niet dat ze dat wil horen. Ze is trouwens al vijftien en ze heeft ook al een vriend.'

'Hm,' mompelt haar moeder zachtjes, 'soms maakt een vriend je leven er niet makkelijker op.'

Hm, denkt Merel, soms maakt géén vriend je leven er niet makkelijker op.

Tijdens het eten zegt haar vader dat ze een guitig koppie heeft. Die zwarte puntjes wil hij ook wel.

Guitig, zo'n woord uit de middeleeuwen.

'Wat kwam Koek hier doen, mam?'

'Wat een heerlijk joch, die Emilio. Echt om op te vreten. Van zo iemand word je gewoon een beetje blij. Heb jij dat ook?'

Jochem barst in lachen uit. 'Koek is ook om op te vreten, haha.'

Merel rolt met haar ogen. Zulke ouders, daar kun je toch geen normaal gesprek mee voeren?

'Volgens mij is ze verliefd,' zegt Jochem.

Ja, hoor, ook dat nog. Merel staart naar haar volle bord en telt tot tien.

'Ben je verliefd?' vraagt haar vader verbaasd. 'Daar ben je toch nog veel te jong voor?'

Vanuit haar ooghoek ziet ze haar moeder gebaren dat ze niks meer mogen zeggen. Om de nare stilte te vullen zingt ze haar Spaanse liedje. 'Vamos a la playa...' Misschien goed bedoeld, maar dat maakt het nog erger. Alsof ze haar met z'n drieën zitten te pesten.

64

Juist als ze van tafel wil weglopen pakt haar moeder haar hand.
'Ik zag Emilio vanmiddag langslopen en ik vroeg hem naar jou.
Hij zei dat je het laatste uur ziek gemeld was door míj. Vond ik
een beetje vreemd, snap je dat?'
Merel knikt. Ze vertrouwt haar stem nog niet.
'En toen vroeg ik hem binnen. In het Spaans. We hebben wat zit-
ten kletsen. Nou ja, zo goed als het ging. Half in het Nederlands,
half in het Spaans.'
Merel schuift heen en weer op haar stoel. Haar voeten zoeken
Roy. Zou Koek iets gezegd hebben over haar uitglijder, die eerste
dag? Haar leugens tegen Patrijs?
'Wat zei hij... Waar hadden jullie het over?' Haar voeten vinden
een harige rug.
'Hij vertelde over zijn ouders. Vijftien jaar geleden ging zijn vader, Erik, op vakantie naar Costa Rica. Hij werd daar verliefd op
een meisje, Carmen, en ze wilden trouwen. Maar zij is de oudste
uit een groot gezin, ze kon niet gemist worden. Ze schreven el-
kaar nog wel, maar dat verwaterde.'
Haar moeder neemt een slokje water. 'Twee jaar geleden reisde
Erik weer naar Costa Rica. Hij ging eten in een restaurantje en de
serveerster was... Carmen. Zij had een zoon van veertien jaar,
Emilio. Carmen zei dat Emilio zijn zoon was. Romantisch, hè?'
'Ja... En verder? Ik hoorde je lachen.'
'Ach, de manier waarop hij praat, zo grappig.'
Waarom zou Koeks moeder niet geschreven hebben dat ze zwan-
ger was, vraagt Merel zich af. Die vraag kan ze niet aan Koek stel-
len, of wel? Ze denkt aan zijn opmerking: 'Ieder mens heeft een
geheim.'

De halve nacht heeft ze wakker gelegen. Met haar nieuwe kapsel
op school verschijnen, dat is net zo erg als uitglijden over een banaan. Was ze maar een moslimmeisje met een hoofddoek.
Onderweg naar school probeert ze kaarsrecht te lopen en blij te
kijken. Alsof ze dolblij is met haar nieuwe look. Onopvallend

kijkt ze achterom. Als ze hem zou zien, zou ze net doen of ze hem niet zag. Zou hij haar nu stom vinden omdat ze gespijbeld heeft? Wat zou hij zeggen van haar korte haar? Misschien loopt hij wel achter haar en doet hij net of hij haar niet ziet. Of hij herkent haar echt niet. Bah, nu weet haar moeder meer van hem dan zij. Ze fantaseert wat hij zou kunnen zeggen.

Hoi, Merel, wat zit je haar leuk. Wat kan jouw moeder lekkere taart bakken. Mijn moeder heet Carmen en mijn vader Erik. Kom je een keer bij ons eten?

'Dag, Merel, wat zit je haar leuk.'
Merel krimpt ineen van schrik.
Het is Sneeuwwitje. 'Sorry, kind, ik wilde je niet laten schrikken.'
Ze stapt van haar fiets.
'Jij bent een dromertje,' zegt ze lachend.
Oh jee, ze bedoelt dat ik vaak zit te suffen, denkt Merel. Ze buigt voorover en mist haar gordijntjes.
Sneeuwwitje knoopt haar jasje los. 'Kan geen kwaad, maar probeer er geen gewoonte van te maken om tijdens de lessen weg te dromen.'
Merel zuigt op haar lip. Ze is vast de ergste dromer van de hele school.
'Ik heb van je moeder gehoord dat je veel leest, vooral boeken over dieren. Je wilt dierenarts worden, hè?'
Dat klonk aardig. Merel knikt. 'Ik hou van dieren. Alle dieren.'
'En je schrijft ook gedichten, hè?'
'Niets bijzonders, hoor, meer van die sinterklaasachtige gedichtjes.'
'Hoe gaat het met je arm? Loes vertelde dat je bent aangereden door een auto.'
'Goed. Alleen als ik beweeg doet het pijn.'
'Waar is je schooltas?'
'Heb ik gisteren bij Patrijs thuis laten liggen, zij neemt hem vandaag mee.'

'Je bent bevriend met Patricia, hè? Daar ben ik blij om.' De Witte staart knikkend in de verte. 'Ze heeft behoefte aan een stabiele vriendin.'

Ik stabiel? denkt Merel. Ze wrijft over haar nog pijnlijke achterhoofd.

De Witte trekt haar jasje uit en zwiept het over haar schouder. 'Ik heb de leraren gevraagd om jullie samen te laten werken.'

Oh god, géén toeval dus.

'Patricia is niet zo makkelijk in de omgang. Ze trekt mensen aan en ze stoot ze weer af. Maar je moet weten... Ze is ook niet makkelijk voor zichzelf.' Sneeuwwitje kijkt Merel peilend aan.

'Ik vertel je dit in vertrouwen omdat ik hoop dat je begrip en geduld voor haar kunt opbrengen. Dat je je niet laat afschrikken door haar gedrag. Ze heeft veel aandacht nodig. Ook al doet ze lelijk tegen je, ze wil niet in de steek gelaten worden. Snap je?'

Merel begrijpt het. Ze knikt.

'Als je je zorgen maakt over Patricia, wil je het mij dan vertellen?'

'Goed. Ik zal haar niet in de steek laten,' antwoordt Merel zelfverzekerd. Ze voelt zich uitverkoren. Goh, dat De Witte zo veel vertrouwen in haar heeft. In háár.

'Oh help, pas op!' roept Sneeuwwitje.

Merel schrikt.

De lerares zwaait met haar jasje een wesp weg. 'Ik ben allergisch voor die beesten.' Ze stapt snel op haar fiets. Voordat ze wegrijdt, zegt ze: 'Jij lijkt me een rots in de branding.'

De wesp landt op Merels verband. Voorzichtig duwt ze het diertje weg.

Sneeuwwitje moest eens weten. Zíj een rots in de branding? Een kiezeltje hooguit.

10

'Hoe vond Roy je nieuwe kapsel?' Patrijs hupt als een kleuter op
en neer, met haar handen om Merels nek.
'Héél bijzonder,' zegt Merel glimlachend. Gelukkig, Patrijs zag
niet dat de kapster er nog aan gewerkt had.
'Zal ik er straks weer punten in draaien?'
Merel doet een stapje naar achteren. 'Nee, dank je, het is nu al
meer dan mooi.' Waarom ging de bel nou niet?
'En je moeder? Hoe vond zij het?'
'Heel... origineel.'
'Als zij ook een metamorfose wil, kom ik wel langs, hoor, zeg
haar dat maar.' Patrijs wenkt een paar meisjes. 'Kijk eens hoe
mooi ik Merels haar heb geknipt?' Ze draait Merel aan haar
schouders rond als een barbiepopje.
'Cool,' vindt Loes. 'Draai haar nog eens om. Ja, zo wil ik het ook,
alleen de pony iets langer.'
Patrijs klakt met haar tong. 'Vanmiddag, na school, bij jou
thuis?'
Loes tuit bedenkelijk haar lippen. 'Nou, ik wil... ik moet het eerst
aan mijn moeder vragen.'
Een meisje met honderd piepkleine vlechtjes roept: 'Van mijn
moeder mag het wel, denk ik.'
Mieneke heet ze of iets dergelijks.
Patrijs verplaatst haar handen naar de schouders van het nieuwe slachtoffer. 'Oké, vanmiddag na school, bij jou thuis. Gratis metamorfose.' Merel schrikt. Moet ze Mieneke waarschuwen?
Onder scheikunde schrijft ze:

Beste Mieneke,
Volgens mij kun je beter je haar niet door Patrijs laten knippen. Bij mij
was het eerlijk gezegd niet zo best gelukt. Heel ongelijk. De kapster heeft
mijn haar opnieuw moeten knippen. Zeg het alsjeblieft niet tegen Patrijs,
dat zou ik sneu voor haar vinden.
Merel

Na de les geeft Merel het briefje aan Mieneke en loopt snel door.
Waarom krijgt ze nou zo'n akelig gevoel? Net als laatst, toen ze
niet wilde dat Patrijs met haar mee naar huis ging.

Een schriftelijke overhoring tijdens geschiedenis. Onaangekon-
digd.
Merel weet alle antwoorden en is als eerste klaar. Haar mobieltje
trilt in haar broekzak. Een sms'je van Patrijs. 1? 4? 9? Weet ze die
vragen niet?
De leraar peutert met een potlood in zijn oor en gaapt. Zijn blik
staat op oneindig.
Voorzichtig toetst Merel de antwoorden in. De leraar heeft nu het
potlood in zijn andere oor.
Patrijs begint als een gek te schrijven, met haar neus tien centi-
meter boven het papier.

Merel kijkt tevreden rond. Zíj heeft Patrijs geholpen.
Iedereen schrijft nog of denkt na.
Koek heeft een vlinder getekend op zijn vel papier. Hij kleurt
hem in. Een paar keer heeft hij vlug naar haar gekeken. Of ver-
beeldt ze zich dat maar?
Olivier zuigt op zijn pink en wiebelt nerveus met zijn voet. Olivier, de kwal, met zijn urineren.
Urineren is voor heren, schrijft ze op haar kladblok. Ze maakt
er een compleet gedicht van en vouwt het op tot een propje om
het straks weg te gooien. Oei, nee, stel je voor dat iemand het
vindt.

Ze vouwt het in vieren en schuift het tussen haar boeken in haar tas.

De thermometer naast de hoofdingang geeft bijna dertig graden aan. In de krant stond iets over een naderende hittegolf. Alle meisjes lopen in hemdjes en korte rokjes, behalve Merel en Patrijs. Wat gek, denkt Merel, alsof Patrijs ook iets te verbergen heeft. Die gedachte verwerpt ze onmiddellijk, iemand met zo'n mooi figuur.

Patrijs neemt Merel mee naar de schaduwzijde van de fietsenstalling. 'Pfff. Ik vond het retemoeilijk. Welke landen deden mee aan de Eerste Wereldoorlog? Weet je zeker dat het begin negentienhonderd was?'

Merel pakt haar geschiedenisboek om het jaartal aan te wijzen. Met het boek vliegt ook het verfomfaaide urineergedicht uit haar tas.

Patrijs duikt omlaag en grist het vodje van de grond. Ze houdt het zo hoog dat Merel er niet bij kan en leest het snel. 'Pieuww, vet,' besluit ze. Ze fluit op haar vingers om iedereen mee te laten genieten.

Merel rukt aan Patrijs' mouw. 'Geef terug, dat is privé.'

Patrijs trekt een pruillip. 'Please... Voor mijn moeder, dan krijg je het morgen weer terug.'

'Nee, misschien later, het is nog niet af.' Merel laat haar stem heel boos klinken. 'Geef terug!'

'Oké, later dan,' mokt Patrijs en ze trek haar bovenlip een millimeter omhoog. De Eerste Wereldoorlog is ze alweer vergeten.

In de volgende pauze is Patrijs spoorloos verdwenen. Ze is niet in de kantine, niet op het plein of onder de bomen. Juist als Merel het zoeken wil staken, hoort ze iemand hoesten in de veel te kleine ruimte tussen de fietsenstallingen. Patrijs en Mieneke staan klem naast elkaar. Een rookwolkje hangt om hun hoofd. Mieneke hoest alsof ze stikt. Wiet, denkt Merel. Als ze worden betrapt,

moeten ze van school af. Ze loopt over het schoolplein en vindt een rustig plekje tegen de warme muur. Ze zakt in kleermakerszit en sluit haar ogen. De zon brandt op haar gezicht.

Opeens valt er een schaduw over haar heen. Iemand fluit binnensmonds een bekend melodietje. Haar hart begint te bonzen. Tussen haar wimpers door ziet ze de zwarte tas van Koek tussen zijn gympen. Wat zal hij zeggen van haar kapsel? Zal hij iets zeggen?

Ze beweegt niet, bang dat hij weg zal lopen. Die rooie wangen van haar, dat komt door de zon, dat begrijpt hij toch wel?

Hij zakt naast haar. 'Kijk, lief... Lief...'

Oooh... hij noemt haar lief?

'Liefheersb-beestje.'

Ze opent haar ogen en mond.

Hij opent zijn vuist. Een kevertje opent zijn vleugels en vliegt slingerend hoger en hoger. Ze kijken het rode stipje na tot het onzichtbaar is geworden.

Merel veegt kleine zweetdruppeltjes van haar voorhoofd. Ze ziet dat de haartjes op haar armen rechtop staan. Warm en koud tegelijk. Waarom zegt hij nu niets? Hij vindt haar kapsel natuurlijk stom.

'Guitig koppie,' zegt Koek plotseling.

'Dank je.' Niet te geloven, dat hij dát stomme woord kent. Met haar hand nog op haar wang kijkt ze hem aan. Nog nooit is zijn hoofd zo dichtbij geweest. Wow, wat een lange zwarte wimpers.

'Was jij gisteren met Patrijs mee?'

'Ik? Gisteren?' Merel hoopt dat hij iets meer over haar kapsel gaat zeggen. Guitig. Is dat alles?

'Gisteren, laatste uur.' Hij graait in zijn tas tot hij een plastic zakje vindt met ontbijtkoek.

'Oh ja. Patrijs had buikpijn, ik bracht haar naar huis.' En het laatste uur heb ik gespijbeld, zou ze nu moeten zeggen, maar dat durft ze niet.

'Is buikpijn besmettelijk?'

71

'Ja, nee,' hakkelt ze. 'Patrijs belde naar school en toen...'

'Pas op voor Patrijs,' brabbelt Koek met volle mond.

'Hoezo?'

Hij zoekt met zijn handen naar woorden. 'Zij is... Hoe heet dat? Ik weet het goeie woord niet. *La perdiz es vengativo.*'

'Vengativo?' echoot Merel dommig. 'Hoe schrijf je dat?'

Koek pakt een pen uit zijn tas en zoekt een papiertje.

'Hier.' Merel biedt haar hand aan. Zijn balpen kietelt lekker in haar handpalm. Hmmm, zo kan ze het leven wel volhouden.

'Ik kwam in Nederland, in klas 2c, bij Patrijs,' zegt Koek. 'Ik sprak de taal slecht, daarom bleef ik zitten.' Hij knipt verstrooid met zijn balpen. 'Patrijs kreeg ruzie met het hoofd van de school...' Plotseling stopt hij.

Patrijs en Mieneke lopen demonstratief gearmd langs en ze negeren hen opzettelijk.

Merel móét weten wat vengativo betekent. 'Toen Patrijs ruzie kreeg met de rector, wat toen?'

'Ik zag toevallig dat zij een kras in zijn auto maakte met een steen.'

Merel fronst haar voorhoofd. 'Je bedoelt dat ze wraakzuchtig is?'

'Ja, wraakzuchtig is het goeie woord.'

Tijdens biologie gaat Koek naast Merel zitten, alsof ze vrienden zijn.

Patrijs komt als laatste binnen en gaat op de stoel van de leraar zitten. Ze pakt het grootste ei uit de schaal en wiegt het als een baby in haar armen. 'Ach lief baby'tje, mama Patrijs heeft zo hard moeten persen, ik snap niet dat je nog helemaal heel bent.'

De klas, haar publiek, wordt doodstil. Patrijs tilt het ei met twee handen omhoog. 'Is het geen dotje? Ik noem haar Oei-Oei-Au. Wie de vader is ben ik vergeten. So what... Waar dienen vaders eigenlijk voor?' Ze blaast een kauwgumbel zo groot als het ei. Dan buigt ze voorover en de kauwgum knalt tegen het ei kapot. 'Zo, lieffie, nu heb je een schone luier.'

Op het moment dat haar publiek in lachen uitbarst springt Patrijs op en draaft naar haar plaats.

Al die tijd heeft Merel gefascineerd toegekeken. Wat een lef! Patrijs wordt later heel beroemd.

Van der Gissen komt binnen. Hij kijkt van het nog draaiende ei op zijn lessenaar naar Patrijs en weer terug. 'Patrijsje, meisje, heb je een ei voor mij gelegd?' Patrijs slaat haar armen over elkaar en blaast haar pony omhoog. 'Ja, wat een kanjer, hè?' De leraar glimlacht. 'Tja, als een patrijs een struisvogelei legt.' Giechel, grinnik.

De leraar wil het ei terug op de schaal leggen maar bedenkt zich. Hij doet alsof hij het haar toe gooit. 'Wil je het uitbroeden?' 'Nee, dank u, ik ben niet zo'n broedse kip.' 'Kom toch maar hier en haal die vieze kauwgum van het ei.' Alweer gelach.

Merel kijkt naar het woord in haar hand. Vengativo, wraakzuchtig. Het woord blijft als een irritante mug door haar hoofd zoemen. Dat bedoelt Sneeuwwitje met geduld hebben. Als Patrijs en ik ruzie krijgen zal ze wraak nemen.

Ze bijt het puntje van haar potlood af en gluurt naar Patrijs. Hè bah, de kauwgum van het ei stopt ze weer in haar mond.

Merels ogen zoeken Mieneke. Zou ze haar waarschuwingsbriefje aan Patrijs hebben laten zien?

Tegen het einde van de les loeit Olivier: 'Au! Potverdorie.' Hij drukt zijn hand tegen zijn oor.

De leraar haakt zijn duimen achter zijn bretels. 'Wat is er, Heggemus, ook een ei gelegd?'

Olivier duikt onder tafel en raapt een papieren balletje van de grond.

'Geef eens,' zegt de leraar. 'Misschien staat er een afzender op.'

Olivier snelt naar voren en vouwt het propje open.

Van der Gissen leest, strijkt met zijn vingers over zijn opkrullen-

de mondhoeken en kijkt Merel aan. 'Wat een prachtig gedicht, Merel, zou je het voor ons willen voordragen?'
Hoe hard Merel ook op haar tong bijt, ze kan niet voorkomen dat ze een knalrode kop krijgt.
Oh help... ik wil dood.
'Geen zin? Mag ik?' Het klinkt vriendelijk.

Geachte heer Olivier,

Nette mensen plassen niet,
hun fatsoen, die het verbiedt.
Pissen is er ook niet bij.
Vieze woorden allebei.
Zeiken is een heel fout woord,
als de meester 't maar niet hoort.
Als het u mocht interesseren
chique heren... urineren.
Wil je 't mij eens demonstreren?

Liefs, Merel

11

In de klas hangt een stilte voor de storm.
De leraar kijkt haar met opgetrokken wenkbrauwen aan.
Merel verbergt haar gezicht in haar elleboog. Wat een kutstreek.
Patrijs heeft het gedicht uit haar tas gepikt en de laatste regel er
zelf bij geschreven. Heeft Van der Gissen dat niet door?
Dan breekt het tumult los. Een oorverdovend gejoel. Merels
trommelvliezen staan op ontploffen.
Ze knijpt hard in haar pols, maar de schaamte is zo groot dat ze
de pijn niet voelt.
Natuurlijk heeft niemand gezien dat Patrijs het balletje gooide.
'Chique heren urineren,' galmt het in koor. 'Wil je 't mij eens demonstreren... Haha, haha!'
Merel voelt een stortvloed van tranen opkomen en schiet als een
speer tussen de tafeltjes door de klas uit.
Even later zit ze op het achterste toilet en staart hijgend naar het
vertrouwde woordje, KUT. Haar hoofd gonst als een bijenkorf.
Patrijs mag doodvallen. Ik ga nooit meer naar deze rotschool. Ik
zoek een baan. Achter de kassa bij de supermarkt. Desnoods
vakken vullen.

Een openslaande deur. Klikkende hakjes. De sandalen van Patrijs
steken onder de toiletdeur door. Ze heeft gezichtjes op haar teennagels geverfd. Boze en vrolijke gezichtjes. Ze bewegen op en
neer. Het lijkt wel of de gezichtjes met elkaar overleggen.
Merel trekt haar knieën omhoog en slaat haar armen eromheen.
Met haar mond wijd open, als een vis op het droge, hapt ze naar
lucht. Wat blijft het stil. Waarom zegt Patrijs niets?
De lachtenen krullen omhoog, klaar met het overleg.

Klop, klop. 'Hello, *sweet little chicken, open the door, please*. Van der Gissen weet dat ík het heb gedaan. Ik heb het meteen verteld toen jij wegrende. Het was een grapje.'

Merel slikt en veegt haar wangen droog.

Een roffeltje op de deur. 'Vond jij het niet leuk, dan?' fleemt Patrijs. Merel verroert zich niet. De voet met de lachende gezichtjes komt dichterbij en schuift heen en weer op zoek naar Merels voeten.

'Iedereen vindt jouw gedicht prachtig, waarom vloog je opeens weg?' vraagt Patrijs mierzoet.

Merel balt haar vuisten.

Nagels krassen over de deur. 'Dat van die laatste regel... Ik heb verteld dat ik dat heb geschreven. Toen zei Van der Gissen dat ik mijn excuses moest gaan aanbieden. Onmiddellijk.'

Stilte.

De voeten verdraaien en de gezichtjes kijken elkaar aan.

Er klinkt een gesmoord gelach en gepeuter aan het slot. 'Hé, kuiken, zeg eens wat.'

Merel grijpt de grendel vast en antwoordt met onvaste stem: 'Bied je excuses dan aan.'

'Dat was ik dus echt niet van plan,' snauwt Patrijs onverwachts kattig. 'What goes around, comes around. Jij deelt zelf ook zo graag briefjes uit.'

Merel bijt op de topjes van haar vingers. Het briefje aan Mieneke... Dus toch?

'Achterbaks, hoor,' meldt Patrijs ijskoud. 'Ze heet trouwens Nieneke en ze wil heel graag dat ik haar haren knip. Ajú, ga nu maar fijn naar je eigen gezeik luisteren.'

Na een snoeiharde bonk op de deur hoort ze: 'Fok jou!' Dan sterft het geluid van klikkende hakjes weg.

Achterbaks? Zíj?

Merel drukt haar armen tegen haar buik. Haar darmen kronkelen alsof ze een fikse diarree aan het voorbereiden zijn.

Ze kan zich niet meer concentreren op de les. Langzaam maar zeker kruipen er steeds meer akelige gedachten in haar hoofd. Patrijs blijft haar overdreven negeren en doet alsof Nieneke haar allerbeste vriendin is.

Onderweg naar huis begint Merel steeds meer te twijfelen. Is het nu wel haar schuld of juist niet?

'Hoi Mirrél.' Het is Koek.

Merel slaakt een geluidloos gilletje als ze zo onverwachts uit haar gepeins wordt opgeschrikt.

'Rotstreek, hè, van Patrijs,' zegt hij. 'Toen jij weg was riep Loes dat ze Patrijs het prropje had zien gooien. Meneer Van der Gissen zei dat Patrijs haar excuses moet aanbieden bij jou... Heeft zij dat gedaan?'

Of het nu door zijn stralende lach komt of door zijn grappige taaltje, maar Merel voelt zich opeens een stuk beter. Haar moeder had gelijk. Van Koek word je blij.

Zal ze het hem uitleggen? Veel te ingewikkeld. Zij had dat briefje nooit aan Nieneke moeten geven.

Merel mompelt: 'Zoiets.'

'Gaaf gedicht, jij moet dichter worden. Hoe gaat het met je arm? Geef mij je tas maar,' zegt Koek. Voordat ze kan protesteren heeft hij hem al over zijn schouder hangen.

'Hé Merel, wacht!' Loes komt met hoogrode wangen aanfietsen. 'Ik moet je wat vertellen.' Ze schampt de stoeprand en stopt onhandig. 'Oeps, sorry, nieuwe fiets, moet nog wennen. Leuk gedicht trouwens. Patrijs vroeg of ik jouw adres wist.' Loes praat tegen Merel en kijkt naar Koek. 'Ik heb het gezegd, vind je toch niet erg?' Ze hangt over haar stuur en haar ogen schieten nieuwsgierig van de een naar de ander.

'Hoe weet jij mijn adres?' vraagt Merel zo laconiek mogelijk.

Loes haalt haar schouders op. 'Hoezo, doet dat er iets toe?'

'Niet echt. Waarom wilde Patrijs mijn adres weten?'

Loes steekt haar handen hulpeloos in de lucht. 'Weet ik niet. Heb ik niet gevraagd. Sorry, had ik dat beter wel kunnen vragen?'

77

'Nee, hoor,' zegt Merel en loopt door. Koek volgt.

Loes fietst langzaam mee.

'Bedankt voor de boodschap,' zegt Merel overdreven vriendelijk. 'Tot morgen.'

'Waarom laat je Koek je tas dragen?' vraagt Loes nieuwsgierig. 'Zijn jullie een stel?'

Merel wil dat ze ophoepelt. 'Hij is dol op tassen dragen. Dáhág, dag Loes!'

Het helpt, ze druipt af.

Koek lacht. 'Loes wil grraag alles weten, hè?'

'Misschien heeft ze een saai leven,' antwoordt Merel relaxt. Koek mag niet merken dat ze in de rats zit over Patrijs. Ze loopt wat harder. Patrijs en Nieneke zitten misschien wel thee te drinken bij haar moeder. Die denkt altijd dat iedereen het hartstikke leuk vindt om met haar te praten.

'Jij denkt dat Patrijs Roy wil verrsieren?' grapt Koek.

Merel probeert niet te blozen. 'Kun jij gedachten lezen?'

Koek grinnikt. 'P-patrijs is een beetje maf. Ze is niet zo'n goeie vriendin voor jou. Sorry als ik me er niet mee mag bemoeien.'

Het klinkt zo schattig bezorgd. 'Jij mag je er gerust mee bemoeien,' antwoordt Merel opgewekt. Bemoei je vooral héél veel met mij, denkt ze.

'Wilde Emilio niet binnenkomen?' vraagt haar moeder.

'Geen tijd,' liegt Merel. 'Is er iemand aan de deur geweest?' Ze ziet iets aan haar moeder. Een lachrimpeltje te veel?

'Ga zitten, kind. Ik weet nu dat je een minnaar hebt... Wil je erover praten?'

Merel valt met jas en tas op de bank. 'Haha,' zegt ze en ze gaapt demonstratief.

'Dit vond ik in de brievenbus.' Haar moeder geeft haar een dichtgevouwen briefje.

Voorovervallende letters. Merel herkent het handschrift van Patrijs onmiddellijk.

Mevrouw/meneer,
Wij vinden dat we u moeten waarschuwen.
Pas beter op uw dochter want..... uw bodygard Roy..... is haar minnaar!!!
Twee goeie vriendinnen

Merel verstart. Hoe verzint ze het, die Patrijs. Wraak nummer twee. Hoeveel komen er nog? Met moeite perst ze een glimlach tevoorschijn. Haar moeder vindt het blijkbaar nogal komisch.

Ze trekt haar tegen zich aan en fluistert: 'Zo kom ik nog eens iets over jou te weten. Hoe lang ben je al verliefd op Roy?'

'Hm... Nu even niet, ik heb gigantisch veel huiswerk, doei.' Ze worstelt zich onder haar moeders arm vandaan en uit haar jas. Dan verdwijnt ze zuchtend met haar tas naar boven, het briefje verfrommeld in haar hand.

'Zie je wel, ik zei het je toch,' roept haar moeder haar na. 'Nog geen week op school en nu heb je al een vriend en twee goeie vriendinnen.'

Halverwege de trap draait Merel zich om en roept: 'Ja, ik ben inmiddels razend populair.'

Met haar schoenen nog aan strekt ze zich uit op haar bed. Ze vouwt het propje papier open en leest het opnieuw. Pfff... Bodyguard heeft ze fout geschreven. Logisch dat ze is blijven zitten. Merel trekt de pleister van haar duim en kijkt naar het wondje. Ze likt aan het korstje en denkt na.

Vengativo. Dat heeft Koek goed gezien. Vanaf nu zal ze beter oppassen. Patrijs heeft zich blijkbaar verraden gevoeld. Misschien dat haar gekwetste ego na het weekend genezen is.

Op maandagochtend steekt ze twee bananen in haar schooltas. Symbolische vredespijpen.

Patrijs komt supervrolijk het natuurkundelokaal binnen en ploft naast haar. 'Hoi, kuikentje, leuk weekend gehad? Nog wezen stappen met Roy of Koek, of allebei tegelijk?'

79

Merel heeft met Roy gewandeld en ze is daarna met hem op de bank in slaap gevallen. Zal ze dat zeggen? Ik heb met Roy geslapen. Nee, want dan wil Patrijs alle sappige details horen.

'Ja, en jij? Ook uit geweest met Stefan?'

Patrijs wil uitgebreid verslag doen. 'En weet je wat hij...'

'Meisjes, blijven jullie wel bij de les?' roept de leraar. 'Vertel eens, welke invloed heeft de zwaartekracht op het menselijk lichaam?'

Doodse stilte.

Merel en Patrijs wisselen een snelle blik.

'Kom, zo moeilijk is die vraag niet.'

Patrijs blaast haar pony omhoog en zegt: 'Daar gaan je borsten van hangen.'

Merel buigt voorover om haar gezicht te verbergen.

Als de hele klas in een stuip ligt, kijkt ze rond. Sommige meiden voelen of hun borsten al hangen, terwijl ze nog nauwelijks borsten hebben.

Behalve Nieneke, die kijkt chagrijnig voor zich uit. Haar haren zijn omwikkeld met een kleurige sjaal, ze lijkt wel een paasei. Haar mond in een permanente pruilstand. Vast een mislukt kapsel.

Merel weet precies hoe ze zich voelt en moet stiekem lachen.

Patrijs krijgt het in de gaten. Ze tuit haar lippen, kijkt kippig naar het puntje van haar neus en imiteert Koek: 'Mirrél zegt: tjsink-tjsink-tsjink.'

Onmiddellijk krijgen ze allebei zo'n lachstuip dat ze even later de klas uit worden gestuurd. Ze duikelen gierend de trappen af en zijn compleet buiten adem van het lachen.

Patrijs neemt haar mee naar de houten bank rond de dikke kastanjeboom en gaat op de rugleuning zitten. Ze schuurt haar rug tegen de stam van de boom. 'Hm, lekker, ik geloof dat ik vlooien heb. Vast van Nieneke, die wast haar haar maar één keer in de twee weken.' Ze trek weer haar maffe vogelgezicht en piept: 'Daarom heb ik het maar eens flink kort geknipt.'

Opnieuw klappen ze dubbel van het lachen.

Merel probeert te stoppen, haar wangen doen pijn. Ze vraagt: 'Was ze... hihihi.'

Ze ademt een paar keer rustig in en uit, poetst een lachtraan weg en probeert het opnieuw: 'Was ze er blij mee?'

'Weet ik veel!' giert Patrijs. 'Eerst wel. Totdat haar ouders zich ermee gingen bemoeien. Hahaha.'

Merel graaft in haar tas en biedt Patrijs een banaan aan.

'Dank je.' Patrijs neemt een enorme hap. 'En nu mag ze geen vriendin meer met mij zijn.' Er vliegt een stukje banaan uit haar mond. De schil mikt ze nauwkeurig in een vuilnisbak. 'Hè, hè, ik krijg kramp in mijn kaken.' Ze vist een spiegeltje uit haar tas. Geroutineerd trekt ze een liplijntje om haar mond.

Merel kijkt toe, nog nahikkend van het lachen. 'Had je dat zelf bedacht, dat van die zwaartekracht?'

'Wie, ik? Nee, mijn moeder zeurt daar vaak over. Daarom kijkt ze altijd zo overdreven blij. Dat doet ze om haar hamsterwangen glad te trekken. Ze kan me met een blij gezicht ongelooflijk afzeiken, alsof ze ervan geniet. Nu is ze aan het sparen voor nieuwe tieten én een facelift.'

Met haar bruine potloodje kleurt Patrijs haar wenkbrauwen. 'Ga je vanavond mee naar de garage? Stefan oefent daar met zijn bandje... Hallo... *earth's calling* Merel.' Patrijs beweegt haar potloodje voor Merels ogen.

'Oh, sorry, ja leuk.'

'Dan kom ik je ophalen, om zeven uur, goed?'

'Nee, ik kom wel naar jou toe, ik loop graag.'

'Wat jíj wilt,' verzucht Patrijs vol onbegrip.

12

'Mam, mag ik na het eten naar Patrijs?'
'Maakt ze dan weer een egeltje van je?' vraagt haar moeder achterdochtig.
'Natuurlijk niet. Gewoon huiswerk, ik help haar.'
'Heb je daarom dat korte rokje aangetrokken? Waar woont ze?'
'Hoezo?'
'Tot je achttien bent wil ik altijd weten waar je bent. En daarna ook.'
'Waarom, je kunt me toch altijd bellen?'
'Omdat ik je moeder ben, daarom.'
Merel draait met haar ogen. Luid kreunend schrijft ze het adres op een papiertje.
'Ik wil dat je vóór negen uur thuis bent. Zal ik je met de auto brengen?'
'Ik loop liever en als ik achttien ben woon ik allang op kamers. Doei!'
Haar moeder is wel het type van een broedse kip. Die laat geen kuiken van onder haar vleugels ontsnappen.
Daar heeft Patrijs geen last van, van die verstikkende moederliefde.

Het lopen bevalt Merel wel. Dan heeft ze meer tijd om na te denken.
Misschien gaat Patrijs wel zingen... Samen met Daisy Bell. Grappig. Het klinkt als decibel. Die kan vast loeihard zingen.
Merel zou ook wel zangeres willen worden, maar dan zonder publiek. Onder de douche klinkt het best mooi.
Haar gedachten dwalen af naar Hem. Koek heeft gevraagd of hij

haar portret mag tekenen. Ze hoeft maar een uurtje stil te zitten. Gewoon stilzitten, en dan zijn mooie bruine ogen op haar gericht terwijl haar hoofd zo rood wordt dat er stoom uit haar oren komt. Nee dus. Onmogelijk.

Haar mobieltje trilt. Een sms'je van Patrijs. *Kijk achterom, uilskuiken!*

Merel kijkt achterom en ziet Patrijs een dansje doen op een hoge muur. 'Zag je me niet? Zeker weer aan het dagdromen over je minnaars. Wilde je bodyguard niet mee?'

Merel geeft geen antwoord, dat verwacht Patrijs ook niet. Een glimlach is beter. Ze kijkt hoe Patrijs lenig naar beneden klautert en haar fiets uit de struiken rukt.

'Spring maar achterop. Mocht je wel mee van je moeder?'

Merel springt onhandig op de bagagedrager, het doet pijn aan haar billen. 'Ja, en jij? Mag jij elke avond weg?'

'Mijn moeder is nooit voor elf uur thuis. Soms slaapt ze op haar werk met Jan, Piet of Klaas.'

Merel fronst haar voorhoofd en vraagt zich af of Jan, Piet en Klaas dan privéles van haar krijgen.

Patrijs trapt of haar leven ervan afhangt. Merel kan zich met haar zere pols amper in evenwicht houden achter op de slingerende fiets.

Ze rijden onder het viaduct door. Aan deze kant van de snelweg kent Merel de stad niet.

Ze hobbelen over kapotte wegen van het industrieterrein, tussen verlaten gebouwen, smerige afvalcontainers en krijsende meeuwen. Het stinkt naar verbrand rubber. De zon verdwijnt een moment achter een hoge schoorsteen.

Merel drukt zich dicht tegen de zwoegende rug van Patrijs aan. Haar pols begint pijnlijk te steken. Zou Patrijs hier vaak in haar eentje fietsen?

'Zie je dat hoge gebouw bij die omgebogen lantaarn?' roept Patrijs. 'Daar is het al.'

Onhandig springt Merel van de bagagedrager.

Patrijs laat de fiets gewoon op de grond vallen. Met twee armen trekt ze aan een grote glazen deur waarachter fel licht brandt. Luide popmuziek galmt hun tegemoet.

Stefans bandje, denkt Merel, maar ze ziet alleen auto's en auto-onderdelen. Onder de klep van een sportwagen staat iemand in een blauwe overall. Hij tikt met een hamer ergens op.

'Richard?' roept Patrijs.

Geen reactie.

'Richard!' Patrijs loopt naar het radiootje dat aan de muur hangt en trekt de stekker eruit.

De persoon in de overall komt tevoorschijn. Een jongen met een paardenstaartje. In zijn pikzwarte handen heeft hij een hamer en een moertje. 'Hé, Patricia, jij hier?'

'Waar is Stefan?'

Richard krabt aan zijn neus en laat een zwarte veeg achter. Hij staart naar Merels verbonden pols. 'Stefan? Vertrokken. Vanmorgen vroeg. Had-ie dat niet gezegd? Hij is met zijn bandje op tournee naar België.'

Patrijs wappert nerveus met haar handen. 'Hè? Ze zouden toch volgende week pas gaan? Is Daisy Bell ook mee?'

Richard houdt het moertje tussen duim en wijsvinger en kijkt erdoor. 'Weet ik veel. Waarom bel je hem niet?'

Met haar rug naar Richard vist Patrijs haar Nokia uit haar broekzak en drukt een paar toetsen in. Terwijl ze wacht verschijnt er een diepe frons op haar voorhoofd. Haar ogen schieten onrustig heen en weer.

Het felle licht van een bouwlamp werpt Patrijs' schaduw over de motorkap waaronder Richard onverstoorbaar doorwerkt. Op de betonnen vloer ligt een plastic zakje met boterhammen tussen het gereedschap.

Opeens klinkt Patrijs' stem, verontwaardigd. 'Fok jou, Stefan. Je zou volgende week pas gaan. Je hebt me belazerd, leugenaar. En je doet het wel met Daisy Bell!' Ze klapt haar mobieltje dicht, trekt haar bovenlip op en gromt: 'Zijn voicemail, de lafaard.' Dan schreeuwt ze tegen de rug van Richard: 'Die broer van jou is een lul!' Ze schopt een losse uitlaat over de vloer en stampt op het zakje met brood. Richard kijkt niet op.

Tegen Merel blaft ze: 'Jongens, allemaal testosteronbommen op pootjes.'

Zo heeft Merel het nog niet eerder gehoord. 'Goh, wat akelig voor je, kan ik iets voor je...'

Patrijs stormt opeens door de grote deur, die nog openstaat. Half hollend, half struikelend verdwijnt ze in een smalle steeg met losse keien.

Merel draaft achter haar aan, alsof ze door een onzichtbaar touw wordt meegesleurd.

Patrijs wringt zich tussen een dichte rij coniferen door, met Merel op haar hielen.

Daarachter staat een schutting, overgroeid met klimop. Onder dezelfde klimop staat een caravan verscholen.

Merel kan nog net een paar letters lezen. ...FANS STAL... Dat moet een caravan van Stefan zijn. Ja, achter de groene bladeren ziet ze STEFANS STALLIONS in graffitiletters.

Patrijs duikt onder de caravan. Kennelijk heeft ze een sleutel gevonden, want ze opent het deurtje en stormt naar binnen.

Als een razende tornado trekt ze lakens en kussens van een bed. Ze kijkt onder bankjes, achter kastjes en in dozen.

'Wat zoek je?' waagt Merel te vragen vanuit de deuropening.

Patrijs kijkt verbaasd op, alsof ze zich haar aanwezigheid ineens weer herinnert. Ze kalmeert en steekt twee handen in haar kapsel, dat op instorten staat. Haar stem klinkt snotterig. 'Stefan... Hij heeft gelogen, hij vond Daisy Bell een domme kip met een vette kont.'

Merel stapt naar binnen en trekt het deurtje achter zich dicht. 'Is Daisy dan geen domme kip met een vette...'

'Ja, natuurlijk wel, en ze heeft ook nog een grote bek met scheve tanden.' Patrijs trekt een klein koelkastje open en pakt een flesje bier. 'Jij ook?'

Merel schudt haar hoofd en likt over haar eigen scheve hoektanden. Even voelt ze zich dom, lelijk en overbodig. Wat doet ze hier in godsnaam? Ze kijkt rond. Onder het afgerukte dekbed ligt iets rozes. Een string?

Zou die Stefan hier met die Daisy... Is Patrijs daarom zo overstuur? Met haar voet schuift Merel het slipje snel onder het dekbed voordat Patrijs het zal zien.

Patrijs leunt tegen het aanrecht, het flesje aan haar lippen. Een straaltje bier loopt langs haar kin.

Op het kleine aanrechtje achter haar staan vieze borden en glazen.

Patrijs grijpt een zwart kammetje uit een bierglas. Als een detective houdt ze het tegen het licht.

Ze plukt er een lange blonde haar uit. Haar stem trilt van ingehouden woede. 'Ja, hoor, ik wist het wel, de leugenaar.'

Ze breekt het kammetje doormidden en zakt op het bed als een pudding in elkaar. Even lijkt het alsof ze in tranen zal uitbarsten. Net als Merel bedenkt dat ze een troostende arm om haar heen zal slaan, springt Patrijs briesend overeind en schopt een prullenbak omver. 'Klootzak, ik zal je krijgen... Kom, we gaan.'

Merel volgt. Ze heeft moeite om het deurtje dicht te krijgen, het hangt scheef in de scharnieren.

Opeens vliegt er een steen door de lucht, gevolgd door een hels kabaal.

Patrijs blaast haar pony omhoog en veegt haar handen af aan haar broek.

Wat nu? Merel kijkt verbijsterd van Patrijs naar het raampje. Nog drie scherpe punten glas steken uit het kozijntje. De rest van het raam ligt waarschijnlijk op het bed, samen met de steen.

Patrijs staat met haar armen over elkaar naar het kapotte raampje te kijken. 'Heb jij lucifers bij je?' vraagt ze ijzig kalm. 'Oh, stom, jij rookt niet. Wacht, binnen moeten lucifers liggen.'

Merel staat als aan de grond genageld. Maar wanneer Patrijs haar ruw bij het deurtje wegduwt verzet ze zich. Ze grijpt Patrijs in haar kraag en duwt haar voor zich uit. 'Kom mee, Patrijs, dit wil je helemaal niet! Ik begrijp dat je boos bent, maar nu ga je te ver. Toe, rustig ademhalen. Tel maar tot tien.' Tot Merels stomme verbazing telt Patrijs langzaam tot tien terwijl ze zich als een mak schaap mee laat voeren. 'We pakken je fiets en we rijden onmiddellijk naar huis.' Merel blijft kalmerend praten. Met haar arm over Patrijs' gespannen schouders zegt ze sussend: 'Het is vast en zeker een misverstand, je...'

'Tien! Wie niet weg is wordt gezien,' roept Patrijs ineens en ze zet het op een rennen. Bij de grote garagedeur zet ze zich schrap om deze open te trekken. Blijkbaar heeft Richard hem op slot gedaan. Hysterisch schreeuwt ze: 'Richard! Doe potverdomme die klotedeur open!'

Richard kijkt niet op of om.

Merel ziet zijn gebogen rug, veilig weggedoken onder de motorkap.

'Zal ik dan maar naar de politie gaan?' dreigt Patrijs. 'Al jullie kleine geheimpjes verklappen!' Het raam beslaat van haar boze adem. Uitgeput drukt ze haar neus plat tegen het glas en ze steekt haar middelvinger omhoog. 'Fok jou!' Met haar vlakke hand slaat ze keihard op de ruit, daarna draait ze zich om naar Merel. 'Jongens,' hijgt ze, 'geloof me, ik kan het weten... Allemaal klootzakken!'

Merel knikt. 'Ja. Laten we gaan.' Ze trekt de fiets omhoog en duwt hem in Patrijs' handen. 'Kun je wel fietsen?' vraagt ze bezorgd.

Patrijs knikt.

Eenmaal achter op de fiets haalt Merel opgelucht adem. Haar broertje Jochem heeft ook wel eens zo'n woedeaanval. Dan is hij precies zo. Als Merels moeder hem rustig toespreekt wordt hij vanzelf weer kalm. Gelijk geven werkt beter dan terugschreeuwen.

Patrijs fietst alsof haar batterijen leeg zijn. Ze slingert niet meer zo als op de heenweg.

Het verbaast Merel dat Patrijs zo snel gekalmeerd is. Wat heeft ze precies gezegd? Ze probeert zich de woorden te herinneren. 'We rijden onmiddellijk naar huis.' Oei, zou Patrijs denken dat ze naar Merels huis gaan? Ze wacht af. Ja, hoor, Patrijs rijdt haar flat voorbij. Merel tikt op haar schouder. 'Oké, stop hier maar, ik loop verder wel.'

Abrupt trapt Patrijs op de rem.

Merel smakt tegen haar rug. 'Idioot, pas op.' Ze springt van de bagagedrager en landt op haar knieën 'Au!' Ze kijkt geschrokken en boos omhoog.

Wijdbeens en met een opgetrokken bovenlip kijkt Patrijs op haar neer. 'Ach, jij stomme muts, ga gauw naar je minnaar, hij is al zo lang alleen.' Merel komt voorzichtig overeind en voelt of haar pols nog heel is. Haar knieën branden pijnlijk.

'Ik weet heus wel waarom ik niet met jou mee naar huis mag,' raast Patrijs met vonkende ogen. Haar knotje hangt uitgezakt naast haar oor.

'Hoezo? Waarom dan?' Merel voelt iets vochtigs langs haar scheen glijden. Bloed?

Met een vinger als een dolk wijst Patrijs naar Merels buik. 'Jij bent bang dat ik jouw bodyguard inpik.' Dan buigt ze diep over haar stuur en laat haar armen slap hangen. 'Ach, ik ben het gewend, hoor. Alle meiden zien mij als concurrent.' Opeens zet ze haar handen in haar zij en roept: 'Die pols van jou is helemaal niet gebroken, pure aandachttrekkerij.'

Staand op haar pedalen racet ze weg.

Merel kijkt haar met open mond na, te geschokt om te reageren. Haar schrik slaat om in woede. Wat een ondankbaar kreng! Alleen omdat ze Patrijs niet mee naar huis neemt? Ze loopt peinzend door. Na enige tijd slaat haar woede om in twijfel. Ze denkt aan de woorden van Sneeuwwitje. 'Ze wil niet in de steek gelaten worden, ook al doet ze nog zo lelijk.'

Terwijl ze treuzelend verder loopt slaat haar twijfel om in medelijden. Vriendinnen horen gezellig bij elkaar te zitten. En nu moet Patrijs terug naar die smerige flat. Naar Tijger, de kat waar ze een hekel aan heeft. Zouden haar ouders gescheiden zijn? Wil ze daarom niet over haar vader praten? En haar broer dan? Ook nooit thuis?

Jezus, wat moet ze nou? Ze staat stil en denkt na. Misschien moet ze Patrijs uitleggen waarom ze gelogen heeft over Roy en haar rijke vader. Gewoon de waarheid vertellen.

13

Ze begint sneller te lopen in de richting van Patrijs' flat. Ze heeft haar moeder beloofd om negen uur thuis te zijn.
Hoe zal Patrijs reageren? Ze probeert het te bedenken.

De voordeur vloog direct open en Patrijs omhelsde haar. 'Het spijt me dat ik zo onredelijk deed. Ik was boos op Stefan. Niet op jou.' Ze nam haar mee naar haar slaapkamer. 'Ik wist wel dat je zou komen. Wij zijn toch supervriendinnen, die laten elkaar niet in de steek. Welke muziek wil je horen? Ik haal even wat te drinken. Gezellig!'

Ja, Patrijs zal blij zijn. Waarom is ze dan zo zenuwachtig? Ze schrikt van haar angstige gezicht in de spiegel van de lift en aarzelt. De trap, dat is beter. De lift maakt haar nerveus en ze moet rustig nadenken. Arme Patrijs. Eerst gedumpt door haar vriendje en daarna door haar vriendin.
Op de zevende verdieping blijft ze staan om op adem te komen. Haar benen voelen als kauwgum. Langzaam loopt ze over de galerij. Niet naar beneden kijken.
Haar klamme handen drukt ze op haar warme wangen. Patrijs zal blij zijn, prent ze zich opnieuw in. Ze kan overal naar binnen kijken. Nergens zijn de gordijnen dicht. Behalve bij de flat van Patrijs. Daar klinkt gedreun van keiharde muziek. Ze luistert. Haar buik trilt mee. Zelfs haar knieën trillen mee. Met haar vinger raakt ze de bel aan, zonder te drukken. Nu kan ze nog terug. Waarom krijgt ze zo'n onbehaaglijk gevoel? Ze grabbelt al haar moed bijeen. 'Patrijs zal blij zijn!' zegt ze hardop en ze drukt op de bel.
Eén keer.

Twee keer.

Dan houdt ze de bel ingedrukt. Kapot? Of overstemt de muziek alles? Met haar knokkels tikt ze op het raam. Oh god, als Patrijs zichzelf maar niets heeft aangedaan. Haar hart bonkt sneller dan de beat van de muziek. Ze pakt haar mobieltje en toetst Patrijs' nummer in.

Geen reactie. Dan wipt ze op haar tenen en laat haar vingers boven het kozijn van de deur glijden. Ze vindt de kier én de sleutel. Ze bekijkt hem en aarzelt. Natuurlijk is Patrijs alleen. Anders zou ze die muziek niet zo hard hebben staan.

Maar waarom doet ze al deze moeite? Uit medelijden? Een stemmetje zegt haar dat ze Patrijs beter als vriendin kan hebben dan als vijand. Een vijand als Patrijs is ongenadig wreed. Een vriendin als Patrijs is iemand die deuren voor je laat opengaan. Naast Patrijs sta je bovenaan in de pikorde.

En Sneeuwwitje verwacht het van haar. Haar hand draait de sleutel om. Ze moet duwen en wrikken, de deur gaat moeilijk open.

Ze kan wat te drinken vragen, ze vergaat van de dorst.

Als een inbreker loopt ze de schemerige hal in. De deur naar de huiskamer staat open.

Voor Patrijs' slaapkamerdeur wacht ze even. Het enorme kabaal doet zeer aan haar oren.

Ze drukt de klink naar beneden. Hè, op slot. 'Patríjs!' schreeuwt ze. 'Patrijs, doe open, ik ben het, Merel.'

Geen reactie.

Ze kijkt rond. Misschien kan ze via de woonkamer en dan... Ja, er is toch ook een deur naar het balkon?

Op de zwarte leren bank ligt Tijger opgekruld te slapen. In het voorbijgaan kijkt hij haar goeiig aan.

Ze duwt de glazen deur naar het balkon open. Ze herkent de plek waar ze de vorige keer als een dweil over het hek heeft gehangen. Patrijs' balkondeur staat wijd open.

De ondergaande zon hult de kamer in een oranje gloed, die lijkt te trillen. Of lijkt dat maar zo door het bonken van haar eigen hart?

Merels ogen doorzoeken de kamer.

Daar zit Patrijs, in kleermakerszit met haar rug tegen het bed. In een slipje en een beha. Haar blik op oneindig. Met gestrekte armen, rustend op haar opgetrokken knieën. Haar handen tot vuisten gevouwen.

Merels schaduw valt vlak voor Patrijs' voeten, maar die reageert niet. Ze lijkt in trance.

Dan ziet Merel iets waar ze koude rillingen van krijgt. Nee, haar ogen bedriegen haar niet. Ze grijpt de klink van de deur alsof het een reddingsboei is. Van Patrijs' bovenarmen druipt bloed langs haar knieën en dijen. Druppels vallen als water uit een lekkende kraan. Ze vormen een grote rode vlek op het zeil.

Merel staat te trillen als een rietje. Help, een scène uit een thriller. Speelt ze nu de dader, de verrader of de redder? Was er maar een regisseur die haar influisterde wat ze moest doen. Ze blijft als aan de grond genageld staan kijken naar het roodgevlekte gezicht, de pandaogen die uitdrukkingsloos voor zich uit blijven staren. De bonkende muziek blokkeert Merels gedachten. Haar oren suizen. Haar lippen vormen de naam van haar vriendin. Ze hoort zelf niet eens of er geluid uit haar mond komt. Dan knijpt ze hard in haar verbonden pols, ze moet pijn voelen. Opeens, sneller dan het licht, duikt ze naar binnen en rukt de stekker van de muziekinstallatie uit het stopcontact.

Ze ziet een schrikreactie bij Patrijs. 'What the fuck... Jij?' Patrijs veegt snel over haar wangen en kijkt haar boos aan. Haar bovenlip krult en haar tanden worden zichtbaar. 'Wat moet je?' Ze klinkt als een schor geblafte hond die elk moment kan bijten.

Merel grijpt Patrijs' handen en draait haar armen naar opzij. 'Wat is dit? Heeft Tijger je gekrabd?' Patrijs zuigt op haar onderlip en draait haar opgezwollen ogen naar het plafond. 'Ja, die stomme kat heeft het gedaan.' De toon van haar stem vertelt Merel dat ze liegt. Maar wie dan? Een inbreker of een verkrachter?

Dan ziet ze een bebloed stanleymesje op het zeil liggen. Ze hoopt dat de gedachte die bij haar opkomt niet klopt. Dat zou te erg zijn. Te erg omdat zijzelf dan indirect de schuldige zou zijn? Nee, zo mag ze niet denken. Of toch? Een wraakactie... Maar Patrijs kon niet weten dat ze zou komen.

De stilte na de oorverdovende muziek is angstaanjagend. Alsof zojuist de wereld is vergaan. Hoe krijgt ze Patrijs aan het praten zonder haar boos te maken? Haar humeur is niet te peilen. Zeker nu niet. Eén verkeerde opmerking en ze kan in razernij ontsteken. Ik moet de schuld op mij nemen, bedenkt Merel. Dan kan ze niet nog bozer worden. 'Heb je dat zelf gedaan?' Ze verstrengelt haar vingers met die van Patrijs. 'Toe, zeg wat, alsjeblieft. Waarom heb je het gedaan? Ben je boos op mij?'

Patrijs kijkt afwerend naar hun handen. Ze probeert zich los te maken.

Merel verstevigt haar greep. 'Zeg het dan, ik heb jou boos gemaakt, ja toch. Ik had je niet in de steek moeten laten. Het spijt me. Echt.'

Patrijs likt haar bovenlip af en staart langs Merel heen.

'Zal ik een ambulance bellen?'

Patrijs rukt haar handen los en gromt: 'Nee! Ben je gek geworden? Laat me met rust, bemoeial.'

'Of ík gek geworden ben?' Merel slikt. Ze móét nu kalm blijven. De snijwonden zitten op Patrijs' bovenarmen en ook een paar op haar dijen, maar die zijn minder diep. Zouden ze gehecht moeten worden? Patrijs praat wartaal.

Merel ruikt een wietlucht. Misschien voelt ze geen pijn omdat ze stoned is. 'Wat is het nummer van je moeder, dan bel ik haar.' Merel pakt het mesje van de grond. Plotseling krijgt ze een por van Patrijs' voet. Ze tuimelt achterover tegen de tv. Met een enorm kabaal valt deze van het tafeltje.

'Rot op, muts, bespaar me je medelijden. Ga je vriendjes pesten,' schimpt Patrijs.

'Au, idioot!' schreeuwt Merel terug. Van schrik is haar geduld helemaal op. Ze krabbelt overeind en voelt een felle pijnscheut door haar pols en haar knie. De adrenaline spuit door haar aderen, ze stuitert bijna van ingehouden woede. Ze geeft een trap tegen de tv. 'Hou dan ook op met dat zielige gedoe, die aandachttrekkerij. Je bent de grootste egoïst die ik ken. Snij gewoon iets dieper, dan ben je uit je lijden verlost.' Merel voelt zich duizelig worden na deze oerexplosie van woede. Ze leunt tegen de deurkruk, klaar om te vluchten. Als Patrijs net zo woedend reageert, dan wordt het oorlog in dit kleine kamertje. Maar de razernij blijft uit. Patrijs negeert haar en likt als een poes haar armen schoon.

Trillend op haar benen kijkt Merel toe. Hoe is het mogelijk dat ze zich zo toegetakeld heeft? Jezelf opzettelijk pijn doen? Dan ben je toch krankzinnig geworden. Merel zou het liefst hard wegrennen. Als Patrijs een gevaarlijke psychopaat is zou ze haar ook te lijf kunnen gaan. Met haar voet schuift ze het mesje over het zeil naar zich toe. Snel raapt ze het op. Haar knie is opnieuw gaan bloeden. Het doet pijn. Ze kreupelt de kamer uit en gaat op zoek naar de badkamer. Eerst rustig nadenken. Misschien moet ze haar eigen moeder bellen. Ze trekt de deur naast het toilet open. Er brandt licht. Oh god... Er zit iemand.

14

Een magere jongen met dreadlocks zit op een krukje zijn teennagels te knippen. Hij heeft alleen een boxershort aan. Naast hem draait de wasmachine en daarop staat een volle wasmand. Het felle tl-licht doet bijna pijn aan haar ogen. Hij schrikt op. 'Wat nou? Wie ben jij?' Direct volgt een flinke hoestbui. Hij kijkt alsof dat Merels schuld is. Haar eerste reactie is vluchten, maar dan beseft ze dat hij de broer van Patrijs moet zijn. Hoewel hij niet op haar lijkt met zijn donkere haar en grote neus. Zijn wenkbrauwen lopen in elkaar over. Ze verzamelt al haar moed. 'Sorry dat ik stoor. Ik ben een vriendin van Patrijs en ze is...' Merels stem breekt. 'Ze is aan het doodbloeden.' Ze hoort hoe dramatisch het klinkt. Tranen wellen op. 'We moeten haar verbinden, je moet me helpen.'

Een moment denkt Merel dat hij haar uit zit te lachen. De wasmachine centrifugeert, misschien heeft hij haar niet goed verstaan. 'Alsjeblieft,' snikt ze.

Met zijn hand wuift hij in de richting van het medicijnkastje aan de muur. 'Daar, maar bespaar je de moeite, ze likt haar wonden zelf wel schoon.' Hij knipt de nagels van zijn andere voet, zijn dreadlocks vallen voor zijn gezicht.

Merel snelt naar het kastje en pakt zes gaasverbandjes en een schaartje. Ze zoekt nerveus jodium. Ze vindt een flacon waarop Betadine staat. 'Is dit jodium?' Ze houdt het omhoog.

De dreadlocks schudden op en neer en de wasmachine stopt. 'Waarom help jíj haar niet?' vraagt Merel radeloos. 'Je bent toch Paul, haar broer?'

'Wil ze niet,' antwoordt hij kalm. 'Ze heeft slaappillen genomen. Over een halfuurtje ligt ze te maffen.'

95

Onhandig houdt Merel de verbandrolletjes en het schaartje in een hand. Eén verbandje valt en rolt naar Paul. 'Waarom bel je je ouders niet? Ze moet getroost worden.'

Pauls blote voet schopt het rolletje terug. 'Wil ze niet! Dat zei ik toch al. Ze wil per se niet dat haar moeder erachter komt.'

'Waarachter komt?'

'Dat ze zich snijdt.'

'Dan bel ik míjn moeder,' zegt Merel resoluut.

'Moet je vooral doen. Ze is levensgevaarlijk als ze kwaad wordt.' Hij wijst naar een oude wond op zijn onderarm. 'Kijk, ze heeft vlijmscherpe tanden. Luister, ik begrijp dat je je kapot bent geschrokken. Maar ze doet dit al heel lang.'

'Hoe bedoel je?' Merel bukt om het verbandrolletje op te rapen. Paul staat met zijn rug naar haar toe en zoekt de witte was uit de wasmand. 'Moeilijk uit te leggen aan een kind,' mompelt hij.

Merel strekt haar rug. Ziet hij haar nog als een kind? 'Heeft Patrijs het al vaker gedaan? Maar waarom dan? Is ze gek of zo?'

Paul krabt in zijn knieholte en schraapt zijn keel. 'Ze vindt lichamelijke pijn minder erg dan pijn vanbinnen.'

'Pijn vanbinnen? Wát voor een pijn?' Merel haalt haar neus op. Die rottige tranen, hij mag ze niet zien en niet horen.

'Weet ik veel. Angst, woede, jaloezie...'

'Waarom pak je die mesjes niet af?'

Hij kijkt ongeduldig over zijn schouder en fronst zijn wenkbrauwen, als een boze leraar. 'Zinloos, ze vindt wel wat anders of ze drukt een brandende peuk op haar vel.'

'Dat... dat móét haar moeder toch weten? Die kan haar helpen!' Paul rochelt, of is het een mislukt lachje? 'Haar moeder heeft het nogal druk met haar dansschool en haar vrienden.'

Merel voelt haar mobieltje trillen. Ze kijkt op haar horloge. Oh help, kwart over negen al. 'Hoi mam. Ja... nee, nog heel even. Patrijs heeft zich bezeerd, ik zou haar verbinden... Nee, 't valt wel mee, een paar krassen op haar arm... Nee, haar moeder werkt nog. Oké, over een kwartiertje sta ik beneden. Tot zo.'

Merel steekt haar mobieltje terug. 'Mijn moeder.'

Paul lijkt niet geïnteresseerd. Hij trekt een wit behaatje uit de stapel wasgoed.

Merel zegt niets meer. Zijn onverschilligheid maakt haar razend. Hij is ook geschift. Die hele familie hier is knettergek. Woedend grijpt ze een schone handdoek. Een rode, dan valt het bloed niet zo op. Onder de warmwaterkraan maakt ze hem nat. Als ze de handdoek uitwringt voelt ze haar zere pols. Het is een vertrouwd gevoel, het maakt haar kalm.

Patrijs leunt met gesloten ogen achterover op bed. Het bloed op haar dijen is gestold. De krassen op haar armen zijn rood en gezwollen. Ze glimmen nog van het likken. Ertussen ziet Merel ook roze en witte littekens van oude krassen. Rechte strepen, haaks over elkaar. Het lijken wel landkaarten. Snelwegen en landweggetjes, met hier en daar een stad of dorpje. Sigaretafdrukken? vraagt Merel zich af.

Ook op haar buik zitten littekens. Maar niet rond de navelpiercing. Wat zonde, zouden die littekens nooit meer weggaan?

Patrijs negeert haar nog steeds, ze houdt haar ogen dicht.

Merel zakt tegenover haar in kleermakerszit. Ze peutert de rolletjes verband uit de verpakking. 'Doet het pijn?' vraagt ze zo vriendelijk mogelijk. Zolang Patrijs haar tanden niet laat zien, zal ze toch niet bijten?

'Ik heb slaap,' bromt Patrijs.

'Ik wil je armen verbinden. Vind je dat goed?'

Patrijs trekt met haar nagels strepen door de bloedvlekken op het zeil. 'Als je dat leuk vindt, moet je het vooral doen.'

Merels ogen schieten vol. Snel actie, anders gaat ze een potje zitten janken en daar schiet niemand iets mee op. Met de vochtige handdoek dept ze de wonden en ze doet er wat Betadine op. Ze rolt de gaasverbandjes om haar bovenarmen.

Patrijs werkt niet mee, maar ook niet tegen. Ze laat zich door Merel in bed leggen en trekt zelf het dekbed tot over haar mond.

Haar halfgesloten ogen staren naar het plafond. Ze zucht en kreunt overdreven. Die slaappillen, hoeveel zou ze er ingenomen hebben? Ongerust boent Merel het zeil schoon met de vochtige handdoek. Haar keel voelt kurkdroog. Op de grond staat een halfvol glas. Ze neemt snel een slok. Nog sneller spuugt ze het terug. Bah, sterkedrank.

Ze bestudeert haar vriendin, die nu rustig lijkt te slapen. Helemaal kapot en niemand die zich om haar bekommert. Ze dept een bloedvlek van Oliebeers poot en legt hem naast Patrijs onder het dekbed.

Er klink een tevreden gegrom.

Merel kijkt rond of ze nog iets kan doen. Haar oog valt op de foto van Patrijs' vader, die tussen de tijdschriften uitsteekt. Ze trekt eraan en draait hem om. Op de achterkant staat een datum. Juni 1999 en een kruis, zo'n kruis als uit een overlijdensadvertentie. Hè, zou hij dood zijn?

Opeens ziet ze Patrijs overeind veren, ze grist de foto uit Merels hand. Achterdochtig vraagt ze: 'Ga je morgen alles aan Sneeuwwitje vertellen?'

Merel verstijft. 'Natuurlijk niet, ik ben geen verrader.' Ziet ze angst op het gezicht van Patrijs? Ze blijft strak terugkijken. 'Wij zijn toch vriendinnen?'

'Geloof je het zelf?' zegt Patrijs, terwijl ze onderuitzakt en de beer tegen haar wang drukt.

'Natuurlijk. Ik ben er nu toch? Ik laat je niet in de steek. Nóóit, dat zweer ik. Maar ik moet gaan, mijn moeder wacht beneden.'

Patrijs trekt het dekbed weer over haar mond en vraagt nauwelijks verstaanbaar: 'Ga je het aan je moeder vertellen?'

'Echt niet. Waarom vertrouw je me niet?'

'Ik vertrouw helemaal niemand.'

'Oké, dan laat ik je míjn geheim zien, dan staan we quitte.' Merel trekt haar rechtermouw op en laat het litteken van de brandwond in haar elleboog zien. Ze strekt haar arm zodat de witte striemen in haar stugge huid opzwellen.

'Wow, niet zo fraai... Zelf gedaan?'

'Ja, toen ik twee was trok ik aan het snoer van de waterkoker. Vertrouw je me nu?'

'Hm.' Patrijs glijdt met haar vingers over het litteken. Dan draait ze zich om. 'Ik ben moe, ga maar.'

'Oké, slaap lekker.' Als Merel de deur achter zich dichttrekt ziet ze de poot van Oliebeer zwaaien.

Merel loopt de trap af naar de zesde verdieping en stapt daar in de lift. Het beeld van Patrijs met haar bloedende armen verschijnt weer op haar netvlies. Ze voelt zich zo uitgeput dat ze op het bankje gaat zitten. Patrijs zal zich nooit in een bikini kunnen vertonen, terwijl ze zo'n mooi figuur heeft. Dan kan ze dus ook geen actrice worden.

Haar moeder staat tegen de auto geleund met haar armen over elkaar. Ze bekijkt haar van top tot teen. 'Kind, wat is er? Je ziet eruit alsof je elk moment flauw kunt vallen. Hoe kom je aan die kapotte knieën?'

Merel kijkt naar beneden. Oei, vergeten te wassen. 'Ach, niks. Gestruikeld. Al die trappen omhoog. Die lift vind ik niet zo fijn.'

'Dat snap ik, met jouw hoogtevrees. Dus daarom zie je zo bleek.'

Als ze de hoek om rijden, vraagt ze: 'Wat was dat nou met Patrijs?'

Merel probeert luchtig te praten. Haar moeders voelsprieten voor onraad staan op scherp.

'Hun poes had een vogel gevangen en die leefde nog. Patrijs probeerde die af te pakken en toen krabde Tijger over haar arm. Het bloedde een beetje, daarom heb ik haar verbonden.'

'Kon je haar ouders niet bellen?'

'Dat vond Patrijs niet nodig.'

'Kattenkrabben kunnen lelijk ontsteken. Heb je het goed ontsmet?'

'Ja, ik heb gezegd dat ze ermee naar de dokter moet als het dik en pijnlijk wordt.'

'Goed zo, ik ben trots op je.' Haar moeder klopt op Merels been. 'En die vogel?'

'Een mus. Hij ging dood... Door de wc gespoeld.' Wat gaat het liegen tegenwoordig toch makkelijk.

De beelden van de bebloede armen en benen blijven door haar hoofd spoken. Ze voelt nog steeds haar slapen kloppen en een brandend gevoel achter haar ogen.

Dan trilt haar mobieltje. Een sms'je van Patrijs. *Niemand vertellen! ptrs*

'Wie?' vraagt haar moeder.

'Patrijs, een bedankje.' Mooi, nu weet ze in ieder geval dat Patrijs niet al te veel slaappillen opheeft.

'Ach, toch wel aardig van dat kind,' verzucht haar moeder. 'Ze houdt blijkbaar ook van dieren, net als jij.'

15

De volgende morgen stopt Merel weer twee bananen in haar rugtas.

Patrijs verschijnt niet op school.

Ze heeft buikpijn, vertelt Sneeuwwitje.

In de pauze stuurt Merel een sms'je. *Ha ptrs. Hoe gatie? Lfs, je kuiken.*

Ze krijgt geen antwoord.

Tijdens de lessen kan Merel zich moeilijk concentreren. Ze neemt zich voor vanmiddag het woord 'zelfverwonding' te googelen. Misschien moet ze er met de speciale vertrouwenspersoon op school over praten. Toch maar niet. Ze zou het níémand vertellen, dat heeft ze beloofd.

Op weg naar huis vraagt Koek waarom ze zo stil is.

'Niets, beetje moe.' Kon ze het hem maar vertellen, wat zou ze zich opgelucht voelen als ze er met iemand over kon praten.

'Geheim?'

Ze knikt.

'Iets met Patrijs?'

'Hm.' Ze knijpt haar lippen op elkaar en wendt haar hoofd van hem af.

'Wil jij een leuk kunstje zien?' Hij zet de tassen op de grond. 'Let op.' Na een soepele radslag blijft Koek een paar seconden op zijn handen staan. Dan neemt hij kleine pasjes, met zijn achterhoofd bijna tegen zijn rug.

Merel klapt. 'Wow, wat knap.' Lief, dat hij haar wil opvrolijken.

Hij staat weer op zijn benen. 'Als het lukt om tien meter op mijn handen te lopen, mag ik dan jouw portret tekenen?'

'Goed, ik tel de meters.'

Na tien meter trekt Merel zachtjes aan zijn broekspijp. Hij merkt het niet, maar verliest wel zijn evenwicht.

'Hoeveel meter?'

'Acht.'

'Jammer, morgen nog eens proberen.'

Op internet vindt Merel veel informatie over zelfverwonding. Er zijn talloze redenen waarom mensen zichzelf pijnigen. Waardeloosheid, eenzaamheid, zelfhaat, schuldgevoel en de vraag om aandacht. Maar bij het populairste meisje van school verwacht je zoiets toch niet?

Patrijs krijgt veel aandacht. Nou ja, op school. Thuis misschien niet.

Haar echte vader is dood. Zou ze nu een stiefvader hebben? Vast niet, want haar moeder blijft vaak weg, ook 's nachts. Die broer Paul lijkt niet zo'n grote steun. Sneeuwwitje zei toch ook dat ze het thuis niet makkelijk had. Hoe kwam ze eigenlijk aan die slaappillen? Ze denkt aan het lievelingsliedje van Patrijs. 'The dreams in which I'm dying are the best I've ever had.'

Wat moet ze doen? Als ze er toch stiekem met Sneeuwwitje over zou praten... Patrijs zou razend worden als ze erachter kwam. En ze komt overal achter.

Merel staart naar de plek waar haar wrat heeft gezeten. Ze neemt zich voor om heel veel geduld te hebben. Ook al doet Patrijs nog zo gemeen tegen haar, ze zal haar niet in de steek laten. Nóóit.

Sneeuwwitje heeft haar niet voor niets uitgekozen als rots in de branding. Ze zal bewijzen dat ze het aankan.

'Wat eet jij tegenwoordig veel bananen,' zegt haar moeder als Merel weer twee bananen in haar tas stopt.

'Je bent wat je eet,' antwoordt Merel.

Daar moet haar moeder om lachen. 'Haha, als dat zo is moet ik wat minder ouwe taart eten. Nu je verband eraf is kun je toch wel weer naar school fietsen?'

'Ik loop graag.'

'Prima. Dag lieve chiquita van me.' Merel bukt om de knuffel van haar moeder te ontwijken.

'Doe de groeten aan Emilio,' roept haar moeder plagend. 'Die loopt ook graag. Ja toch?'

Met een grote boog loopt Merel om de voetballende jongens op het schoolplein. Als Patrijs ook op tijd komt, dan kan ze haar uitnodigen om een tijdje bij haar te logeren.

Vreemd, ze ziet de leren tas van Koek onder het boombankje staan. Onbewaakt of vergeten? Ze kijkt rond. Een paar oudere kinderen zitten aan de picknicktafel huiswerk te maken. De wiskundelerares en de geschiedenisleraar kuieren over het schoolplein, ze hebben alleen oog voor elkaar. Merel zet haar tas boven op die van Koek. Ze gaat op het bankje zitten, met haar benen voor de tassen. Gek, niks voor Koek om zijn tas zomaar achter te laten.

Ze hoort een vogel tjilpen, boven haar in de boom. Steeds luider. Ze buigt haar hoofd achterover en kijkt in het lachende gezicht van Koek. Met zijn hoofd tussen zijn knieën zit hij op de onderste tak. 'Hoi, Mirrél.'

'Wat doe je daar?' Merel gaat op het bankje staan, haar hoofd reikt tot de zolen van zijn gympen.

Koek maakt een hoofdgebaar naar boven. 'Een nestje met één ei, wil je het zien? Kom.' Hij steekt zijn arm naar haar uit.

'Ik... ik heb hoogtevrees,' stamelt Merel. Toch grijpt ze zijn hand. Haar voeten plaatst ze op de rugleuning van de bank. Eén ruk en ze zit naast hem. Zíjn arm om haar middel. Ze ruikt zijn pasgewassen haar. Het is heel erg verboden wat ze doen, dus heel erg spannend.

De leraren letten alleen op elkaar.

'Durf je te staan? Hou deze tak vast.'

In de splitsing van een stam ziet ze het nestje met een eitje. 'Ah, wat schattig.'

Koek steekt het eitje in zijn borstzak. 'De vogel is vertrokken, ik neem het ei mee.'

Ondersteund door Koek zakt Merel terug op de onderste tak. Terwijl ze bekijkt hoe ze heelhuids beneden kan komen, ziet ze Patrijs en Olivier aan komen lopen. 'Ssst. Kijk!'

Patrijs met lichtblond haar! Ze draagt het in twee knotjes, met losse plukjes in haar nek. Stralende ogen, glanzende lippen, precies een elfje in haar witte jurk en roze vestje.

Patrijs wijst naar de tassen. 'Ollie, kijk eens. De tassen van Merel en Koek. Haha, die van haar ligt boven op die van hem. Typisch Merel, die windt er geen doekjes om.' Ze gaat zitten en trekt Merels rugtas naar zich toe. Ze gespt de klep los en pakt de bananen.

Merel wil protesteren, naar beneden springen of heel hard 'bóé' brullen, maar Koek beduidt haar stil te zijn.

Patrijs reikt Olivier een banaan aan.

Hij duwt haar hand weg. 'Nee, dank je.'

'Hoezo? Ben je echt een anorexiapatiëntje?'

'Ik vind dat je niet aan de spullen van iemand anders mag komen,' protesteert Olivier.

'Psss!' Patrijs schilt allebei de bananen en neemt steeds van elk een hap. 'Vindt ze niet erg, hoor. Ze deelt graag bananen uit. Moet ze die tas maar niet onbeheerd achterlaten. Volgens mij is ze Koek aan 't verleiden. Misschien zit ze al boven op hem, net als haar tas.' Ze praat en kauwt tegelijk en is nauwelijks te verstaan.

Olivier kijkt zoekend rond. 'Jij zei toch dat ze al een vriendje had, thuis? Roy of zo? Een bodyguard. Wat ziet ze dan in die asielzoeker? Hij praat nauwelijks en hij kan niet eens fietsen. Ik zag hem gisteren op zijn handen naar huis lopen, als een circusaap.'

Patrijs giechelt. 'Vandaar al die bananen. Haha, Merel en haar aap.'

Merel en Koek kijken elkaar stomverbaasd aan.

'Ik vind Merel zo'n braaf trutje, niet bepaald het type om er twee vriendjes tegelijk op na te houden,' hoort ze Olivier zeggen.

'Vergis je niet in haar, ze is sluwer dan je denkt,' brabbelt Patrijs met volle mond.

'Hoezo, wat dan?'

'Dat zal ik je uitleggen. Ze heeft stiekem wat met hun bodyguard, maar dat mogen haar ouders niet weten. Daarom doet ze alsof ze verliefd is op die aap. Haha, ze weet niet dat ik dat weet.' Patricia kijkt hem triomfantelijk aan met bolle bananenwangen.

'Handig bedacht,' zegt Olivier. 'Zou Koek dat niet doorhebben?'

'Tuurlijk niet, die snapt daar helemaal niets van. Hij is niet voor niets blijven zitten.'

'En dan zal ik je nog eens wat laten zien.' Ze pakt haar Nokia en toont Olivier een foto.

Merel buigt voorover; die foto, ze herkent hem meteen. Duizelig en snotterig lag ze op Patrijs' bed, na die smerige joint.

'Kijk hier, zo stoned als een garnaal. Lache, hè?'

Merel kan haar oren niet geloven. Dit komt aan als een mokerslag. Is dit de Patrijs die ze eergisteren nog verzorgd heeft? Die ze niet in de steek wil laten, omdat ze het zo moeilijk heeft?

Olivier bestudeert de foto. 'Nooit gedacht dat zíj aan de drugs is. Hoe zou ze eraan komen?'

'Wat denk je?' pruttelt Patrijs met volle mond.

'Van die aap? En dan geeft ze jou ook van die troep. Dat moet je niet meer aannemen, idioot.'

Patrijs zit een beetje te grinniken.

'Zou de school moeten weten dat hij dealt?'

Patrijs haalt haar schouders op en slingert de bananenschillen naast de prullenbak.

'Zal ik dat aan mijn moeder vragen of we dat moeten melden?' vraagt Olivier ernstig.

Patrijs schudt nee. 'Laat ze maar. Leven en laten leven, zegt mijn broer altijd. Als ze stoned is maakt ze wel alles kapot. Zo'n lompe olifant, dat wil je niet weten. Eergisteren gooide ze mijn televisie op de grond en daarvóór ging ze boven op onze kat zitten. Die loopt nog steeds mank. Oh ja, en ze stootte ook nog een antiek vaasje van mijn tafeltje.'

Merel voelt zich als een tijdbom die elk moment vanaf de tak boven op Patrijs kan vallen en ontploffen. Maar dat zou Patrijs' lompe-olifanten-verhaal alleen maar bevestigen.

Olivier staat op en gooit de bananenschillen in de afvalbak. 'Ik begrijp niet dat je nog met haar omgaat. Jullie zijn zo verschillend.'

'Ach, ze heeft ook haar goeie kanten. Wist je trouwens dat ze dat verbandje om haar arm alleen draagt om niet te hoeven gymmen?'

'Waarom zou ze niet willen gymmen?'

'Omdat ze een heel lelijk litteken in haar elleboog heeft. Ze gooide ooit kokend water over zich heen.'

'Expres?' vraagt Olivier.

'Volgens mij wel.' Patrijs knoopt haar vestje los. 'Genoeg over Merel. Ik heb mijn vriend Stefan gisteren gedumpt.'

'Waarom? Die nieuwe Nokia kreeg je toch van hem?'

'Ja. Maar hij wilde per se dat ik met hem meeging op tournee naar België, moest ik iedere avond zingen in zijn band.'

Merel valt van de ene verbijstering in de andere. Patrijs maakt bepaald geen zielige, eenzame indruk.

'Spannend,' zegt Olivier. 'Wil je dat niet?'

Patrijs haalt haar schouders op. 'Ach, ik kan beter eerst mijn school afmaken, ja toch? Hé, ik hoorde van Loes dat jouw moeder psycholoog is en dat jullie thuis paarden hebben.'

Olivier knikt. 'Kun je paardrijden?'

'Ik denk het wel, en anders leer je het me toch?'

'Oké, vanmiddag?'

'Cool,' kirt Patrijs. Ze duwt Merels tas terug. 'Zal ik thuis een broek ophalen?'

'Ik heb nog wel een rijbroek in jouw maat.' Olivier strekt zijn benen. 'Kom je? Kunnen we achter in de klas zitten.' Ze slenteren dicht naast elkaar naar de ingang.

Merel kijkt opzij. Zou Koek dat zwetsverhaal van Patrijs geloven over die drugs?

'Ik gebruik geen drugs. Je gelooft haar toch niet? Ik was misselijk en duizelig na één trekje van haar joint. Die had ze me opgedrongen. Daarna nam ze snel die foto. Ze zou hem wissen, dat had ze beloofd.'

'Ik weet het,' zegt Koek, 'Zij is kampioen leugenaar. Ik zal proberen om die foto te wissen.'

16

Eenmaal in de klas voelt Merel zich nog te geschokt om Patrijs' richting op te kijken. Wat stom van haar om Patrijs in vertrouwen te nemen.

Langzaam begint ze te begrijpen waarom Patrijs' broer zo onverschillig deed. Die liet haar gewoon in haar sop gaarkoken. Blijkbaar de beste tactiek.

Tussen de eerste en de tweede les loopt Merel diep in gedachten verzonken door de gang. Opeens hoort ze iemand keihard 'bóé!' roepen in haar oor. Ze krimpt ineen van schrik. Het is Patrijs, die haar triomfantelijk aankijkt. 'Hallo, kuikentje. Nog steeds een slecht geweten? Weet je wat jouw probleem is? Je bent nog zo'n moederskindje.'

Merel kijkt haar beledigd aan. 'Hoezo?'

'Je hebt je moeder wél verteld over mijn krassen, dom kuiken.'

'Niet waar, hoe kom je erbij?' Merel kijkt rond om te zien of niemand meeluistert.

'Wel waar.' Patrijs draait aan een lok in haar nek en met een blik vol haat bitst ze: 'In de badkamer belde je moeder je. Toen zei je het! Paul stond erbij, hij hoorde alles. Niet zo slim hoor.' Met haar elleboog geeft ze Merel een por onder haar schouderblad. 'Val me voortaan niet meer lastig, kleuter!' Ze verdwijnt in de stroom leerlingen.

Merel schuifelt ook mee. Ze peinst zich suf over wat ze precies tegen haar moeder heeft gezegd. Ze heeft het woord 'krassen' wel genoemd. Paul stond de was te sorteren, hij leek niet te luisteren. Wat gemeen van hem om het aan Patrijs door te vertellen. Het is een misverstand. Maar dat kan ze Patrijs nu niet meer duidelijk maken.

Inderdaad een goed idee van Patrijs. Merel zal haar niet meer lastigvallen.

Na school lopen Koek en Merel langs het fietsenhok. Daar zien ze dat Patrijs en Olivier staan te zoenen in het donkerste hoekje. Hun rugtassen hangen aan het stuur van Patrijs' fiets, die iets verderop staat.

Opeens pakt Koek Merel bij de hand en loopt tot vlak bij de fiets. 'Ik heb een plannetje, niets vragen.' Onverwachts slaat hij zijn armen om haar heen en kust haar vol op haar mond. Precies waar Merel steeds van gedroomd heeft. Maar nu het echt gebeurt voelt ze zich zo overrompeld dat ze haar lippen stijf op elkaar houdt. Wacht even. Ze ziet de hand van Koek die het vakje van Patrijs' tas openmaakt en de Nokia eruit vist.

Ze buigen hun hoofd over het mobieltje. Opeens valt Koek tegen Merel aan. Olivier is op hen af komen sluipen en heeft zijn gewicht in de strijd geworpen.

Merel verliest bijna haar evenwicht, ze ziet de Nokia op de tegels ketsen.

'Hé, vuile chimpansee, wil je ogenblikkelijk die telefoon teruggeven!' hoort ze Olivier schreeuwen.

Patrijs maakt een snoekduik en raapt haar mobieltje op. 'Kapot, hartstikke kapot,' gilt ze hysterisch. 'Stelletje idioten!' Patrijs springt pal voor Merel. 'Waar ben jij eigenlijk mee bezig, stomme trut? Ben je mij aan het bespioneren in opdracht van Sneeuwwitje? Wil je mijn sms'jes soms lezen?' Op haar wangen verschijnen rode vlekken. 'Waarom maak jij ál mijn spullen kapot? Ben je jaloers of zo?'

Naast hen liggen Koek en Olivier op de grond te worstelen.

Merels angst verandert in woede, haar bloed begint te koken. Ze wil schreeuwen: 'Jij maakt jezelf kapot, dat is veel erger. Maar dat kan ze niet. In plaats daarvan gilt ze: 'Jij zou die foto wissen, dat had je beloofd!'

Opeens voelt ze een pets in haar gezicht. 'Au!' Patrijs heeft haar geslagen.

Een seconde later rukt Patrijs Koek aan zijn haren van Olivier af en geeft hem een knietje in zijn oog. 'Ophouden, stelletje baby's.' Dat helpt. Koek valt achterover en begint in het Spaans te vloeken.

Patrijs sleurt Olivier mee. 'Kom mee, watje, vechten kun je ook al niet.'

Merel staat te bibberen op haar benen. Ze weet niet waar ze het meest van is geschrokken. De onverwachtse kus van Koek, de knokpartij of de pets van Patrijs. Haar lippen tintelen van de kus en haar wang gloeit van de pets. Voor het eerst in haar leven dat iemand haar slaat, en nog hard ook. Ze kijkt naar het kringetje pottenkijkers. Loes voorop, snuivend van opwinding.

Onderweg naar huis ziet Merel het oog van Koek opzwellen en uit zijn neus drupt bloed. 'Daar moet ijs op, anders zit je oog morgen helemaal dicht. Mijn moeder heeft ijskompressen in de diepvries.'

'Vindt ze het niet erg als ze hoort dat ik geknokt heb?'

'Welnee, mijn broertje knokt elke dag.' Na alle spanning van daarnet krijgt Merel de slappe lach. 'Je stinkt!' Ze wijst naar zijn borstzak, waar vuile smurrie uit drupt. 'Je ei is uitgekomen, haha.'

'Mam, ik heb een patiënt voor je.' Met één hand houdt Merel Koek bij zijn kraag en met haar andere hand knijpt ze haar neus dicht.

'Wow, heb je gevochten?' vraagt Jochem vol bewondering.

Haar moeder komt met een stapel handdoeken de trap af. Ze laat ze vallen en slaat haar hand voor haar mond. 'Jongen toch, heb je gevochten?'

'Wie heeft er gewonnen?' wil Jochem weten.

'Ik natuurlijk,' antwoordt Koek. 'Ik kon die mug met mijn pink tegen de grond drukken.'

Haar moeder zet hem op een stoel, verzorgt zijn oog en geeft hem een schoon shirt.

Als hij weg is vraagt ze aan Merel waar die ruzie over ging. 'Niks. Een ongelukje. Een gevallen mobieltje, waar niemand wat aan kon doen.' De halve waarheid is altijd beter dan een hele leugen, denkt Merel.

Een paar weken lang kijkt Patrijs niet naar Merel om. Al haar aandacht is voor 'Ollie'. Olivier lijkt te groeien. Hij loopt over het schoolplein als een haantje met het mooiste kippetje uit de ren. Hij kraait om haar grapjes, raapt bananenschillen van de grond, sjouwt met haar tas en leent haar zijn nieuwe spijkerjasje. Hij opent deuren en schuift haar stoel aan. Hand in hand fietsen ze naar Oliviers huis.

Kennelijk is haar Nokia niet kapot, want Patrijs maakt foto's van Ollie en haarzelf, met hun hoofden tegen elkaar.

Merel is opgelucht dat er geen wraakactie is gevolgd. Of de wraak moet zijn dat Patrijs haar volkomen negeert. Prima zo. Ze is beter af zonder Patrijs. Toch blijft er iets knagen. Iets wat ze niet onder woorden kan brengen.

Ze trekt veel met Koek op. Nog steeds durft ze hem niet recht in zijn ogen te kijken, omdat ze dan onmiddellijk knalrood wordt. Ze hoopt dat hij haar nog eens onverwacht zal kussen, dan wil ze haar ogen sluiten en terugkussen, zoals het hoort. Al zou hij alleen maar haar hand vasthouden. Misschien wacht hij tot zij begint. Dan kan het nog lang duren, want zo veel lef heeft ze niet. Hij praat vaak over zijn vaderland, zoals hij Costa Rica noemt. Zijn oom zette hem op wilde paarden om ze af te richten. Zijn oma slachtte varkens in haar tuin. Koek mocht dooie kippen aan de krokodillen voeren totdat er eentje in zijn bovenbeen beet. Hij laat Merel het litteken zien. Bijna net zo groot als dat van haar. En dan laat Merel hem ook háár litteken zien. Het is alsof ze voor elkaar bestemd zijn. Allebei een beetje beschadigd. Niet volmaakt zijn, dat schept een band.

'Mag ik jouw litteken aanraken?' vraagt hij verlegen. Zijn vingers glijden zachtjes over de dikke bleke huid, het kietelt. 'Het is goed genezen, waarom verberg je het?'

'Ik voel me er zo lelijk door.'

'Onzin, jij bent het mooiste en liefste meisje van de hele school.' Daar heeft Merel zo haar twijfels over, maar zoiets aardigs heeft nog niemand tegen haar gezegd.

Op maandagmorgen, tijdens het natuurkundeproefwerk, zit Patrijs opeens weer naast Merel en lacht haar toe met haar liefste glimlach. Smekend seint ze met haar vingers de vragen door die ze niet weet. Alle vragen.

Stik, beduidt Merel geluidloos. Als ze haar de rug toedraait en haar mobieltje uitdrukt, hoopt ze dat de boodschap duidelijk genoeg is. Niet dus. Patrijs tikt met haar pen op het tafelblad. Zó irritant.

Merel steekt demonstratief haar vingers in de oren. Het werkt averechts. Patrijs begint nog harder te tikken en laat haar tanden zien.

Dan komt de leraar aangewandeld. Met zijn handen op zijn rug, alsof hij toevallig in de buurt moest zijn. Naast Patrijs houdt hij halt en tikt met zijn vinger op het vel papier vóór haar. Vanaf dat moment houdt hij haar in het vizier.

Half over haar schouder kijkt Merel wat Patrijs aan het doen is. Niets! Ze hangt als een vaatdoek over haar stoel. Met een diepe fronsrimpel tussen haar ogen staart ze in het oneindige. Haar handen drukt ze op haar buik, alsof ze daar pijn heeft. Nu zal ze wel weer boos op me worden, veronderstelt Merel.

Ze ziet Olivier in de verste hoek van de klas zitten. Ruzie? Dat zou verklaren waarom Patrijs weer contact met haar zoekt.

Na de les snelt ze de klas uit en nestelt zich op haar eigen plaatsje in het gras. Terwijl ze in haar Engelse schrift bladert komt Koek aankuieren. Hij maakt een handstandje in het gras, zakt lenig door zijn knieën en leunt met zijn rug tegen haar rug. Hij tikt zacht met zijn achterhoofd tegen het hare bij wijze van groet. Merel voelt een warme gloed. Ze draait haar hoofd een kwartslag en hij ook, zodat hun oren elkaar kussen. Een goed begin, vindt Merel. Tot in haar tenen voelt ze heerlijke kriebels.

Om beurten overhoren ze elkaar. Het valt Merel op dat Koek in het Engels nooit stottert. Misschien omdat hij dan minder nerveus is, omdat het voor iedereen een vreemde taal is.

'Merel, Merel!' Loes komt aangesneld. Ze hijgt. 'Oh, dáár heb je je verstopt. Patrijs vraagt naar je. Ze is niet goed. Spoedgeval!' Loes blijft afwachtend staan, verbaasd omdat Merel niet direct opspringt.

'Hoezo spoedgeval?' vraag Merel zonder op te kijken.

'Weet ik niet. Ze wil alleen met jóú praten. Ze huilt en moet steeds kotsen,' meldt Loes enthousiast. 'Op de KUT-wc zit ze. Ze wacht op je. Toe nou.'

Merel aarzelt. Ze kijkt Koek aan.

Hij schudt zijn hoofd. 'Het is een truc, ze wil je claimen.'

'Merel, jij bent toch haar beste vriendin.' Loes trekt aan haar arm. 'Het is ernstig, hoor!'

'So what?' zegt Merel, starend naar de Engelse woordjes. Maar dan spookt het liedje van Gary Jules weer door haar hoofd. 'The dreams in which I'm dying, are the best I've ever had.' Zij kent Patrijs beter dan iedereen hier op school. Zij is de rots in de branding.

'Laat je haar barsten?' piept Loes verontwaardigd. 'Moet ik soms tegen Sneeuwwitje zeggen dat...'

'Oké.' Merel stopt haar schrift in haar tas.

'Niet doen!' zegt Koek.

'Kom mee!' zegt Loes.

Merel voelt zich verscheurd. Het is onmogelijk om iedereen te vriend te houden. Het lijkt wel of ze nu moet kiezen tussen Koek en Patrijs. Natuurlijk is Koek veel belangrijker voor haar, maar hij heeft makkelijk praten. Hij weet niet wat zij weet. Sinds de knokpartij tussen hem en Olivier hebben ze niet meer over Patrijs gesproken.

'Wil jij op mijn tas passen?' vraagt ze aan hem. 'Ik ben zo terug.' Ze volgt Loes, die behendig tussen de groepjes door zigzagt. Loes die de primeur lijkt te ruiken van een spectaculaire gebeurtenis.

Merel vraagt zich af waarom zíj per se moet komen? Zou Patrijs weer in haar armen en benen hebben gesneden? Ze bereidt zich op het ergste voor.

'Patrijs, hier is ze,' roept Loes tegen de gesloten deur.

Met een knal wordt deze van binnenuit opengetrapt. Patrijs zit als een ziek vogeltje ineengedoken op de bril van de wc. Haar armen om haar knieën geslagen, zweetdruppeltjes op haar neus en voorhoofd. 'Kom binnen en doe die deur effe dicht,' kreunt ze tegen Merel. 'Nee, jij niet, muts!' briest ze tegen Loes, die zich onzichtbaar probeert te maken in een hoekje van de kleine ruimte.

Merel trekt de deur achter Loes' rug dicht en sluit hem af. Ze kijkt neer op Patrijs' hoofd en ziet dat er een donkerblonde uitgroei zichtbaar is. In de uiterste punten van haar geblondeerde haren zit ook nog een beetje rood. Van dichtbij ziet het er minder mooi uit. Beetje ordinair zelfs. Het prinsesje valt van haar troon.

'Bedankt, Loes, je wordt vriendelijk verzocht op te hoepelen,' tettert Patrijs door de deur heen.

'Ben je zogenaamd weer ongesteld?' fluistert Merel achterdochtig. Ze denkt aan Koeks woorden: Het is een truc, ze wil je claimen. Patrijs pulkt aan de gespen van haar sandalen en haalt hortend adem. 'Nee. Ik ben al een halfjaar niet meer ongesteld. Dat heb ik je toch al eens verteld.' Ze krimpt nog verder ineen. 'Maar ik heb wel hartstikke buikpijn. Ik heb iets doorgeslikt. Per ongeluk. Probeer het uit te braken.' Haar stem klinkt echt angstig.

'Wát heb je doorgeslikt?' vraagt Merel iets milder.

'Een diamant. Nou ja, een ring met een diamant.'

'Hè?' Merel hurkt en legt haar handen op Patrijs' dijen. 'Heb je dáár buikpijn van?'

'Dat denk ik.' Patrijs' gezwollen oogleden knipperen meelijwek-kend.

'Kalm maar,' sust Merel. 'Wanneer heb je die ring ingeslikt?'

'Gisteren na school.'

'En begon je meteen al te braken? Hoe groot is die diamant?'

Tussen Patrijs' duim en wijsvinger past een doperwtje. 'Denk je...
Moet ik naar het ziekenhuis?' Er ontsnapt een klein boertje.
'Sorry.'

'Wat zegt je moeder ervan?'

'Mijn moeder? Pfff... Alleen Heggemus weet het.'

'Heggemus?'

Patrijs trekt een vies gezicht. 'Olivier.'

'Wat zegt hij ervan?'

'Het is zijn moeders ring,' fluistert ze. 'Hij wil hem onmiddellijk
terug, anders vertelt hij de rector dat ik drugs gebruik.' Ze slaakt
een huilerige zucht.

Merel komt overeind en denkt snel na. Patrijs ziet er echt beroerd
uit. Merel legt haar hand op haar voorhoofd. Het voelt koel.
Geen koorts dus.

'Oh sorry, effe kotsen.' Patrijs knielt voor de wc en kokhalst een
sliertje slijm in de pot.

Merel reikt haar een velletje papier aan. 'Hoe kun je nu een ring
per ongeluk doorslikken?'

Na een paar oprispingen gaat Patrijs weer op de bril zitten. 'We
hadden paardgereden. Ik ging me omkleden in de slaapkamer
van zijn ouders. Ik zag die ring, hij paste precies. Olivier lag buiten op een handdoek in het gras. Ik ging op hem zitten en vroeg
of ik die ring mocht hebben als zijn moeder dood was.'

Ze strijkt over haar maag. 'Shit... Stond die moeder opeens achter me. Ik deed snel de ring in mijn mond.' Patrijs trekt haar
knieën strak tegen zich aan. 'Ze vroeg aan mij of ik wist waarom
het naar een koffieshop stonk in haar keuken en of ik toevallig
ook wist waar hun kat was.'

Oh jee, denkt Merel, Patrijs en katten.

'Ja, toen moest ik antwoorden en ik... Die ring, ik slikte hem zomaar door.'

Merel gelooft het. Echt iets voor Patrijs. Hoe kon ze haar helpen? 'Mijn broertje heeft vroeger een stukje glas ingeslikt. Toen moest hij ontbijtkoek eten, de volgende dag poepte hij de scherf gewoon uit.'

Patrijs trekt haar mondhoeken omlaag. 'Ik lust geen ontbijtkoek.'

Merel draait zich met een ruk om. 'Nou, dan sterf je toch lekker. Doei!' Meteen krijgt ze spijt. Wat klonk dat gemeen.

'Dat was ik toch al van plan. Bedankt voor je medeleven, doei!' mokt Patrijs.

Merel krijgt een ingeving. 'Wacht daar nog even mee, ik denk dat Koek nog wel wat heeft, blijf je hier zitten?' Ze doet het slot van de deur en ziet nog net de wapperende haren van Loes, die hard wegrent. Oh jee, wat zou ze gehoord hebben?

17

Patrijs zit nog in dezelfde houding als Merel haar het zakje aan-
reikt.

'Je hebt hem toch niks verteld, hè?' Patrijs opent het plastic zakje
en trekt de plakken ontbijtkoek van elkaar. 'Getver, roomboter,
krijg ik een dikke reet van.'

Merel zucht ongeduldig. Patrijs had ook 'dank je' kunnen zeggen. 'Dan moet je kiezen,' antwoordt ze kalm. 'Een dikke reet of
opengescheurde darmen.'

Patrijs neemt een muizenhapje en kauwt met lange tanden.

'Ik zou maar opschieten, de bel gaat zo,' zegt Merel ongeduldig.

Patrijs propt de plakken naar binnen, kauwt met open mond en
kijkt Merel aan. 'Zo betel?' Een stukje koek valt uit haar mond.

Merel raapt het van de grond en gooit het in de afvalemmer.

'Waar was die poes van Olivier?'

'Huh?' Patrijs kauwt als een debiel. 'Wa?'

'Oliviers moeder vroeg of jij wist waar hun poes was. En toen
slikte jij die ring door.'

Patrijs wijst naar haar mond en kauwt onverstoorbaar verder.
Daarna trekt ze een schuifje uit haar haren en peutert tussen haar
tanden.

Merel herhaalt haar vraag.

'Dat wil je niet weten.'

'Wel!'

'Die kat was krols of zo. Ik zat rustig in de keuken te blowen en
dat vieze beest bleef mauwen en met zijn kop langs mijn benen
strijken.'

'Was Olivier er niet?' vraagt Merel.

'Nee, dat zei ik toch, die lag te tukken in de tuin. Het brave jochie wil liever niet dat ik blow.'

Patrijs strekt haar benen. 'Kom, we gaan.'

'En toen, wat heb je met die poes gedaan?' Merel verspert haar de weg, maar Patrijs duwt haar opzij. Ze wast haar handen en wappert de spetters in Merels gezicht. 'Bemoeial.'

'Patrijs!' Merel stampvoet. 'Vertel!'

'Oké, oké.' Patrijs droogt haar vingers één voor één af. 'Ik heb hem in de groentela van de koelkast geparkeerd. Kon hij effe afkoelen.'

'Wat?' Merel voelt haar nekharen overeind schieten. 'Dat meen je niet!'

'Waarom niet? Een kat heeft een bontjas, hoor. En een koelkast is geen diepvries.'

De bel gaat. Merel snelt achter een haastige Patrijs aan. 'Wat heb je tegen Oliviers moeder gezegd?'

'Wat een neuroot is dat, zeg.' Patrijs houdt haar armen vol onbegrip omhoog. 'Ik probeerde het haar rustig uit te leggen en toen ontplofte ze zomaar. Ze noemde me een hopeloze junk en een ziekelijke leugenaar. Daarna wees ze me het gat van de deur.'

'Het gat van de deur?'

'Ja, opsodemieteren betekent dat.'

'Hoe lang heeft die poes in de koelkast gezeten?'

'Weet ik veel, ik was hem eerlijk gezegd vergeten.' Patrijs sist achterdochtig. 'Zeg, hoor eens, ik vertel je dit allemaal in vertrouwen, je houdt je mond erover, hè?'

Op weg naar huis vraagt Koek wat er met Patrijs aan de hand was. En of zij en Olivier ruzie hadden, omdat ze zo ver uit elkaar zaten, in de klas.

Merel maakt een verontschuldigend gebaar. 'Ik heb beloofd mijn mond te houden.'

'Misschien kan ik je advies geven ergens over,' biedt Koek vriendelijk aan.

Merel zwijgt een tijdje. Dan vraagt ze of hij weet hoe lang je een poes op kunt sluiten in de koelkast voordat hij doodgaat.
'Zonder zuurstof s-stikt-ie.' Daar heeft Patrijs vast niet aan gedacht.'
Oh jee, denkt Merel, hij begrijpt direct dat Patrijs dat heeft gedaan. Dan kan ze hem net zo goed over de ring vragen. 'Denk je dat het gevaarlijk is als je een ring met een diamant doorslikt?' Koek begint te grinniken. 'Je moet niet alles geloven wat ze je vertelt. Ze is haar vriendje kwijt, dus ze wil jou terug als vriendin.'
'Ze is er wel toe in staat, hoor,' zegt Merel. Toch begint ze een beetje te twijfelen. Zou Patrijs echt zo goed toneel kunnen spelen? 'Ik denk niet dat het kwaad kan,' zegt Koek. 'Kleine voorwerpen poep je zo weer uit.'

Thuis kruipt Merel direct achter de computer. Ze tikt 'ingeslikte voorwerpen' in bij Google.
Daar vindt ze: *De meeste ingeslikte voorwerpen komen er vanzelf weer uit. Voorwerpen vanaf 20 mm (20 eurocent) en scherpe voorwerpen kunnen problemen geven. Raadpleeg dan een arts.*
Ze pakt een liniaal en meet de dikte van haar ringvinger. Bijna 20 mm. Maar die diamant kan scherp zijn. Een twijfelgeval dus.
Dan tikt ze in: 'ziekelijke leugenaar'.
De moeder van Olivier is psycholoog, die zegt zoiets niet zomaar. Dan is het vast een aandoening.
Pseudologia phantastica: onweerstaanbare neiging om te liegen. Sprake van vragen om aandacht.
Oorzaken: mogelijk lichamelijk geweld, geestelijke verwaarlozing.

'Wat doe je?' vraagt haar moeder. Ze zit voorovergebogen over een kruiswoordpuzzel. Ze kan de tekst op het beeldscherm niet lezen.
'Werkstuk voor school.'
'Waarover?'

'Over liegen.'

Het blijft stil. 'Nou, zeg, hoe is het mogelijk, "ander woord voor jokken", zes letters...' Ze vult de vakjes in. 'Jij liegt toch nóóit?'

'Nou ja... Niet zo vaak als jij.'

Haar moeder schiet rechtop in haar stoel. 'Wanneer loog ik dan?'

'Gisteren nog, tegen papa, toen hij je die bloemen gaf.'

'Loog ik toen?'

'Je zei: "Wat een prachtige bloemen, lieve schat." Je houdt niet van tulpen en je vond papa op dat moment helemaal geen schat, want hij was jullie trouwdag vergeten.'

'Ja, maar dat zijn leugentjes om bestwil, gewoon om iemand niet te kwetsen.'

'Wiens bestwil?' vraagt Merel. Ze ziet de verbouwereerde blik van haar moeder.

'Uiteindelijk liegt iedereen om zijn eigen bestwil. Ja toch?'

'Leer je die dingen op school?'

'Welke dingen?'

'Je bent opeens zo anders, zo... zo...'

'Drie letters, mam, begint met een w.'

'Wijs? Nou ik dacht meer aan "eigenwijs".'

'Ook goed.'

's Morgens staan Loes en Nieneke te smoezen in de fietsenstalling. Ze zwijgen als Merel passeert.

Het roddelmeidengroepje groeit snel. Net als Merels angstige voorgevoel. Wat zou Loes gehoord hebben over die ingeslikte ring?

Daar rijdt Patrijs het schoolplein op, dwars door het groepje roddelmeiden. Ze zet haar fiets in het rek en trekt de dopjes van haar mp3-speler uit haar oren.

De meiden sissen en zwijgen abrupt. Ze werpen tersluikse blikken naar haar.

'Wat?' snauwt Patrijs en ze controleert haar kleren. 'Zeg, kleuters, ga ergens anders spelen.'

Merel snelt Patrijs tegemoet. Ze loodst haar vlug bij de groep vandaan. 'Heb je de ring al?'

'Nee,' antwoordt Patrijs kortaf en ze blaast haar pony omhoog. 'Konnie kakke.'

'Heb je nog buikpijn?'

'Hm, beetje. Vooral misselijk. Waar hebben die mutsen het over?' Ze maakt een hoofdgebaar naar de meidengroep.

Merel trekt zenuwachtig haar mouwen omlaag. 'Geen idee. Wat ga je tegen Olivier zeggen?'

'Het zal me aan mijn reet roesten. Zie je hem al?' vraagt Patrijs minachtend.

'Nee, niet gezien. Geef je hem die ring terug?'

Patrijs leunt tegen Merels schouder en blaast zachtjes tussen haar lippen. 'Misschien, of misschien ook niet. Een arrogante lul, dat is-ie. Ach, alle jongens zijn hetzelfde, ze willen maar één ding.'

'Wat dan?' Oei, stomme vraag. Merel denkt gelijk weer aan de testosteronbommen op pootjes. 'Laat maar. Hebben jullie ruzie-gemaakt?'

'Ruzie?' Patrijs slaat strijdlustig haar vuisten tegen elkaar. 'Ik zei alleen: "Olivier Heggemus, de enige goeie mus is een dooie mus!" Pfff... Je had hem moeten zien, hij scheet drie kleuren diarree.' Ze werpt haar hoofd achterover en schatert tot de bel gaat.

Olivier zit vooraan in het lokaal en Patrijs achteraan.

Merel maakt zich zorgen. Het fluisteren en giechelen in de klas wordt steeds erger. Zelfs de jongens gaan zich ermee bemoeien. Ondertussen lijkt Patrijs niets in de gaten te hebben. Ze speelt met haar Nokia.

Tijdens biologie steekt Nieneke haar vinger op. 'Meneer, wat ge-beurt er als iemand per ongeluk een ring doorslikt? Is dat ge-vaarlijk?'

Geroezemoes in de klas.

Merel duikt in elkaar en kijkt tussen haar wimpers door naar Patrijs.

Oh god, nu denkt ze dat ík haar heb verraden.

Patrijs trekt een wenkbrauw op en ze mimet met haar lippen: Jij?

Van der Gissen vraagt: 'Hoezo, wie heeft dat gedaan?'

Nieneke haalt haar schouders op. 'Ik was gewoon benieuwd.'

Merel huivert. Hier kan ze echt niets aan doen.

'Meestal gaat het goed,' zegt Van der Gissen. Hij lijkt het wel een interessant onderwerp te vinden. 'Je darmen hebben een beschermend laagje aan de binnenkant en ze duwen het voorwerp voorzichtig richting kringspier. Misschien dat je op de wc even "au" roept, dat is alles. Op een röntgenfoto kun je een metalen voorwerp goed zien. Dat komt omdat...'

Er volgt een heel lesuur over röntgenstralen. Merel hoort het niet meer. Ze krast met haar potlood een vel papier zwart tot de punt op is.

Na afloop van de les blijft ze dralen tot ze zich alleen waant. Ze kijkt op. Oh nee hè! Patrijs wacht haar op, leunend in de deuropening met haar armen achter haar rug gevouwen. Ze staart naar haar schoenen en blaast kauwgumbellen.

Merel bladert in haar agenda, daarna hijst ze langzaam haar tas op haar rug. Zogenaamd in gedachten beweegt ze zich naar de deur.

Als een slagboom schiet Patrijs' been omhoog. Haar stilettohakje tikt tegen het kozijn. 'Zo, kuikentje. Grappig verhaaltje, hè? Kon jij ook eens mensen laten lachen.' Haar stem klinkt supersarcastisch.

Merel voelt zich kleuren. 'Sorry, maar ik...'

'Wat zeg je?' Patrijs strekt haar arm als een extra slagboom boven haar been. Haar stem klinkt eng. 'Hoe zou jij het vinden als ik ga rondvertellen dat jij een lelijk litteken op je arm hebt?'

Merel verzamelt al haar moed 'Sorry, volgens mij heeft Loes ons afgeluisterd in de toiletten.'

'Dat kan ze nooit gehoord hebben. Ik praatte heel zacht. Nee, jij hebt het aan Koekielief verteld. Dacht jij echt dat die asielzoeker te vertrouwen is? Tjongejonge, jullie lijken wel getrouwd. Hoe is-ie in bed? Of zijn jullie nog niet zo ver?'

Merel krijgt geen woord meer over haar lippen. Het gonst in haar hoofd. Ik haat je, ik haat je, hoepel op met je vraag om aandacht. Ze moet ontzettend nodig plassen, ze doet het bijna in haar broek. 'Zul je me dat nooit meer flikken?' Patrijs' zwartgelakte nagels priemen in Merels schouder.

Twee leraressen passeren. Eentje stopt. 'Is er wat?' Patrijs laat haar been zakken. 'Nee... ik breng haar alleen wat normen en waarden bij.'

'Laat dat maar aan de school over,' zegt de lerares. 'Vooruit, naar buiten jullie.'

Merel duikt onder Patrijs' arm door en loopt achter de leraressen naar de grote hal waar de toiletten zijn. Op de wc wacht ze een hele tijd. Nóg een ontmoeting met Patrijs ziet ze niet zitten.

De motregen buiten voelt heerlijk koel op haar gezicht. Koek is natuurlijk allang thuis. Des te beter, hoeft ze niks uit te leggen.

18

'Wat is er, Merel? Je ziet pips. Problemen op school?'

'Niks, mam. Ik heb het koud, ik ben moe, ik heb honger.' En ik baal, wil ze zeggen. Maar dan zal haar moeder vragen waarom ze baalt. Balen zonder reden, dat kan niet.

'Ga je mee boodschappen doen?'

'Boodschappen?'

'De taarten ophalen voor mijn verjaardag, dat hadden we toch afgesproken?'

'Oh ja, sorry, vergeten.'

In de auto zwijgt Merel. Ze beweegt haar hoofd met de ruitenwissers mee. Ze voelt buikpijn opkomen. Nee, hoofdpijn. Allebei! Ze sabbelt op haar wratje, dat weg is. Ze bijt op haar nagels. Ten slotte trekt haar moeder aan haar hand. 'Hou eens op met die onrust. Vertel me nu wat je dwarszit. Heb je ruziegemaakt?'

'Zoiets.'

'Met Emilio? Jullie liepen niet samen naar huis.'

'Ja... Nee.'

'Met Patrijs?' Haar moeder parkeert de auto. Ze blijft wachten op een antwoord.

Merel klikt haar gordel los, ze wil niets zeggen, ze mag niets zeggen. Maar niets zeggen lukt niet. Opeens valt het verhaal in stukken uit haar mond. Verkeerde volgorde, verkeerde woorden. 'Patrijs! Die beschuldigt mij er steeds van dat ik dingen verraad en dat is helemaal niet waar, ik verraad nooit iemand, het was Loes, die had aan de deur staan luisteren toen Patrijs mij vertelde dat ze een diamanten ring had doorgeslikt en de kat van Olivier in de koelkast had gestopt, en die vertelde dat aan Nieneke en...'

'Ho, ho, ik kan het niet meer volgen.' Haar moeders ogen worden twee keer zo groot. 'Heeft Patrijs een diamanten ring door-geslikt en een poes in de koelkast gestopt? Is dat kind niet goed wijs? Begin nog eens overnieuw.'

Merel vertelt het verhaal in de juiste volgorde.

'Een achterdochtig meisje,' zegt haar moeder. 'Maar ik denk niet dat het persoonlijk bedoeld is. Misschien heeft ze als kind haar vertrouwen in de mensen om zich heen verloren.' Ze grijpt haar tas van de achterbank en kijkt hoeveel geld er in haar portemon-nee zit. 'Als je het mij vraagt, is ze gewoon eenzaam.'

'Eenzaam... Pfff. Moet ze maar niet met iedereen ruziemaken.'

'Dat is ook een vorm van aandacht vragen,' zegt haar moeder. 'Ze weet misschien niet hoe dat op een positieve manier moet.'

Ja, hoor, denkt Merel tandenknarsend. Nou weet ik het wel. Aan-dacht vragen!

'Je kent haar nog niet zo lang. Vertrouwen moet je langzaam op-bouwen. Vraag anders of ze zin heeft om zondag op mijn ver-jaardag te komen. Vraag Emilio ook. Zijn er nog anderen die je aardig vindt? Iedereen is welkom.'

Vrijdagochtend regent het nog steeds. Merel wacht op Koek, on-der haar moeders grote paraplu.

Doorweekt maar vrolijk verschijnt hij. 'Wat een z-zeikweer,' zegt hij lachend en hij schudt zijn haren als een natte hond.'

Merel houdt de paraplu ook boven zijn hoofd, zodat ze lekker dicht tegen hem aan kan lopen. Hij duwt hem terug. 'Laat maar, ik ben nu toch al nat. Waar was je gisteren? Ik heb op je staan wachten bij de uitgang.'

'Uh, Patrijs wilde met mij praten. Onder vier ogen.'

'Zocht ze ruzie?'

'Mwa... Niet echt.'

'Heeft ze de ring teruggegeven aan Olivier?' Koek pakt de para-plu van Merel over en houdt hem boven haar hoofd.

'Nee, ze denkt dat ik dat van die ring heb rondgebazuind. Ze gaat zich vast weer wreken.'

'Laat haar barrsten.'

Merel wil niet meer over Patrijs praten. In Koeks ogen deugt Patrijs niet en hij begrijpt niet dat Merel nog moeite voor haar doet. Dat is ook moeilijk te begrijpen.

'Zondag is mijn moeder jarig, ze vraagt of je zin hebt om te komen en of je dan eventueel, heel misschien, weer op je handen wilt lopen.' Dat laatste bedenkt ze er zelf snel bij.

Patrijs komt te laat op school. Ze verschijnt met natte haren en uitgelopen mascara. Haar T-shirt is zo nat dat haar tepels zichtbaar zijn. Ze draagt geen beha.

Ze ziet er supersexy uit. Dat doet ze expres, vermoedt Merel. Omdat ze de leraar Engels een lekker ding vindt. En met succes, want de leraar reageert geamuseerd.

You are late, girl. Give me an explanation why.

Als een natte hond schudt Patrijs zich uit. Haar borsten schudden vrolijk mee. Met een verleidelijke blik en een zwoele stem zingt ze: *'Raindrops keep falling in my eye, but my love for you... will never die.'*

En ja, hoor, de leraar moet lachen. *'Well well, lucky me. Sit down please.'*

Die Patrijs. Knap, hoor. Zo windt ze iedere vent om haar vinger. Merel staart haar met open mond aan.

Patrijs vangt haar blik op en lacht haar poeslief toe.

Vlug slaat Merel haar ogen neer.

In de kantine komt Patrijs naast haar zitten. Ze fluistert: 'Mereltjelief, luister alsjeblief.'

Merel draait haar rug naar haar toe.

'Ik heb in een potje gepoept. Ik moest pérsen... Dat wil je niet weten.'

Merel knijpt haar neus dicht en schudt haar schouders. 'Nee, dat wil ik niet weten, hoepel op met je vieze praatjes.'

'Misschien kun je het al raden? Floep... een diamant in mijn poep,' giechelt Patrijs en ze kriebelt met haar vingers in Merels nek. 'Ben je nog boos op stoute Patrijs? Lieffie, kijk me eens aan.'

'Ja,' zegt Merel. 'Heel boos!'

'Het spijt me dat ik onaardig deed. Ik weet dat Loes het heeft doorverteld.' Patrijs' hand kroelt door haar haren. 'Ik heb geen buikpijn meer, ben je niet blij dat ik nog leef?'

'Nee!'

'Olivier krijgt de ring terug.'

Merel is nu toch een beetje nieuwsgierig. Ze draait zich om naar Patrijs en vraagt: 'Heb je hem goed gewassen?'

'Tuurlijk, hij glimt zelfs mooier dan eerst. Mijn moeder wil hem hebben. Ze snapt niet dat ik hem terug ga geven.'

'Mag ik hem zien?' vraagt Merel.

'Dat is een beetje moeilijk.' Patrijs pakt een envelop uit haar tas. 'Ik heb hem in papier gewikkeld en de envelop dichtgeplakt.'

'En een briefje met je excuses?'

Patrijs knikt. 'Zoiets.'

'Wanneer geef je 'm aan hem?' vraagt Merel en ze gluurt over haar schouder. 'Niet kijken, volgens mij staat hij te koekeloeren.'

Patrijs kijkt wel en steekt haar middelvinger op. '*Asshole!*' sist ze en ze blaast haar pony omhoog. 'Ach lieffie, doe jij 't? Please.'

'Wat?'

'De ring teruggeven.' Patrijs probeert haar de envelop te overhandigen.

Merel doet haar armen over elkaar. 'Doe het lekker zelf.'

Patrijs legt haar hoofd op Merels schouder. 'Vertrouw je me niet?'

'Hm, waarom stop je hem niet bij Olivier in de brievenbus?'

'Nee zeg, die moeder is razend op mij, vanwege die kat in de koelkast. Als ze me ziet knuppelt ze me dood met haar hockeystick.'

Merel heeft er vreselijk geen zin in. Stel je voor dat ze de ring helemaal niet heeft schoongemaakt. Ze pakt de envelop en knijpt in de bobbel. Het ruikt vreemd, maar niet naar poep.

Merel zucht overdreven. 'Vooruit dan maar.' Ze schuift de envelop onder haar T-shirt.

'Dank je,' verzucht Patrijs. 'Jij bent de allerbeste, de allerliefste, de allerslimste, de...'

'Ja, laat maar, heb je zin om zondag...'

Patrijs luistert al niet meer. Ze ziet een jongen uit de vierde klas voorbijlopen. 'Hé, Woutertje kaboutertje, mooie brommer heb je. Mag ik een keertje achterop?' Ze geven elkaar een high five en verdwijnen gearmd.

Sneeuwwitje draagt een stapel papieren als ze tegelijkertijd met Merel de klas in loopt. 'Ha, Merel, wil jij deze uitdelen?' Voor ze antwoord kan geven heeft Merel ze al in haar handen. Er zijn veel onvoldoendes. Zelf heeft ze een acht. Olivier een zeven. Ze reikt hem het dictee aan en schudt de envelop uit haar shirt. Snel loopt ze door.

Loes heeft een vijf en Nieneke een vier. Patrijs heeft een twee.

Merel zit nog maar net op haar plaats, als ze Olivier hoort schreeuwen: 'Gadverdamme!'

Hij springt als door een wesp gestoken van zijn stoel en roept keihard: 'Een dooie vogel, gadverdamme, hij stinkt.'

Complete chaos in de klas. Iedereen springt van zijn plaats om het vogellijkje van dichtbij te bekijken. Er klinken kreten van walging en hoge gilletjes. Ellebooggevechten om het beste plekje.

Merel grijpt de rand van haar tafel vast. De schrik slaat zo genadeloos toe dat ze duizelig wordt.

Sneeuwwitje bonkt met haar vuisten op haar bureau. 'Iedereen terug naar zijn plaats.' Ze duwt haar bril omhoog en beent naar Oliviers tafeltje. Enkele kinderen die nog niet voldoende hebben gegruweld, duwt ze hardhandig aan de kant. 'Op je plek, stelletje aasgieren!'

'Mevrouw, mevrouw, zíj gaf mij die envelop.' Olivier richt zijn wijsvinger op Merel.

Wat zei Patrijs ook weer? 'De enige goeie mus is een dooie mus.'

Sneeuwwitje grijpt het briefje dat naast de vogel ligt. Ze leest hardop: 'Waarschuwing voor Olivier Heggemus. Mussen die te hard tjilpen worden gegrepen door de kat.'

Merel kreunt. Een onzichtbare hand duwt haar hoofd omlaag. Sukkel die ze is. Koek had haar nog zo gewaarschuwd en alweer stinkt ze erin.

'Merel.' Sneeuwwitjes stem galmt door het lokaal. 'Wat heeft dit te betekenen?'

Merel trekt haar schouders op. Haar hoofd lijkt wel een bak met gistend oliebollenbeslag. Nog even en haar schedel zal ontploffen.

'Kom eens hier?'

Als een zieke slak schuift ze naar voren.

'Wat zijn dit voor maffia-achtige toestanden? Wat is jouw rol hierin?' vraagt Sneeuwwitje met een verbeten trek rond haar mond. Achter haar bril gloeien haar ogen van woede.

Merels hoofd voelt nu koud en klam. De dooie mus ligt slordig naast de envelop. Een staartveer steekt scheef omhoog en er kleeft oud bloed aan. Cadeautje van Tijger, flitst het door haar hoofd. Ze slikt een paar keer. 'Ik uh...'

Olivier wacht met zijn vuisten in zijn zij. 'Nou?'

Sneeuwwitje helt iets voorover, haar vingers ineengestrengeld. Zonder haar stem te verheffen zegt ze: 'Merel, dit vind ik niets voor jou. Leg eens uit wat er aan de hand is.'

De vloer onder Merels voeten lijkt weg te zakken. Met haar handen aan weerszijden van de mus zoekt ze steun. 'Ik dacht...'

'Is niet Mirréls schuld, ik kan uitleggen.' Koeks stem brengt haar weer bij haar positieven. Hij stopt de mus met het briefje in de envelop.

Sneeuwwitje lijkt ook opgelucht. Ze klopt Koek op zijn schouder. 'Goed zo, Emilio. Neem Merel en de mus maar mee naar de rector. Leg hém alles uit.'

'Mevrouw, mag ik mee?' roept Olivier. 'Ik ben het slachtoffer. Ik ben me kapot geschrokken,' zegt hij met een grafstem.

'Nee, we doen hier niet aan slachtofferhulp. Hier heb je een zakdoekje, veeg je tafel schoon.'

Merel vangt nog net de tevreden grijns van Patrijs op als ze achter Koek aansjokt. Het voelt alsof ze op het nippertje aan een enorme ramp is ontsnapt. Hoge cijfers haalt ze met gemak en toch doet ze zo ongelooflijk stom.

Nu moet ze Patrijs de schuld geven bij de rector. En dan zal Patrijs opnieuw wraak nemen. Komt er dan nooit een einde aan deze nachtmerrie?

'Koek, wacht, laat mij maar, ik leg het zelf wel uit.' Ze grijpt de envelop uit zijn handen en peutert het waarschuwingsbriefje er snel uit. Ze klopt op de half openstaande deur en loopt meteen door naar binnen. Koek volgt haar.

'Kom binnen,' zegt de rector als ze al pal voor zijn bureau staan. Als Merel de mus uit de envelop op het smetteloze bureau laat glijden, verschijnen er brede rimpels boven diens ogen. Hij lijkt eerder geïrriteerd dan boos. Met stoel en al deint hij naar achteren. 'Is-ie dood?' vraagt hij.

Merel probeert uit te leggen dat het een misverstand is. Een mislukt grapje van Patrijs, helemaal niet zo kwaad bedoeld en ze heeft er allang spijt van...

De rector schuift met zijn pen het vogellijkje terug in de envelop. Zijn lippen stijf op elkaar geperst.

Als Merel klaar is met haar uitleg, vouwt hij zijn armen over elkaar. 'Nu maakt Patricia het wel erg bont. Willen jullie dit kadaver in de vuilcontainer gooien en aan mevrouw De Witte vragen of ze Patricia naar mij toe stuurt?'

Als Koek de envelop oppakt kijkt hij Merel aan met een groot vraagteken op zijn gezicht. Geen spoor meer van een glimlach.

Merel voelt zich heel naar. Omdat zij Patrijs alweer in bescherming neemt, lijkt het net alsof zij Patrijs belangrijker vindt dan Koek. Dat is absoluut niet zo, maar leg dat maar eens uit.

Merel probeert de hele toestand snel te vergeten. Dat Patrijs zo'n misbruik van haar heeft gemaakt, voelt deels als een vernedering. Maar het is ook een stommiteit van haarzelf. Ze is gewoon te goed van vertrouwen.

19

De volgende ochtend laat Koek de tekeningen in zijn schetsboek aan Merel zien. Prachtige portretten van zijn hele familie. Het lijken wel zwart-witfoto's. Tijdens de les wil hij Sneeuwwitje stiekem natekenen en 's middags na school... Merel.

'Als mijn pony is aangegroeid, ik zie er niet uit,' stribbelt ze tegen. Nog steeds durft ze hem niet lang aan te kijken. Stel je voor dat ze weer onder hypnose raakt door die zwarte wimpers en die mooie zoenlippen.

In de spiegel aan de muur kan Merel Koek onopvallend bespieden terwijl hij haar natekent.

Ook in opperste concentratie staat zijn gezicht vriendelijk. De manier waarop hij haar naam uitspreekt doet haar steeds opnieuw smelten. Ze ziet zichzelf al paarden africhten en varkens slachten in Costa Rica.

In de spiegel ziet Merel de moeder van Koek binnenkomen. Ze kijkt over zijn schouder naar de tekening. 'Mooi, dat hoge voorrhoofd.'

Hoog voorhoofd? denkt Merel. Dat heeft nog nooit iemand tegen haar gezegd. Komt door die korte pony natuurlijk.

'Mirrél heeft groot verstand,' verklaart Koek.

Als de tekening klaar is mag ze kijken. Merel kan haar ogen niet geloven. Hij heeft haar helemaal getekend, niet alleen haar gezicht. Kaarsrecht staat ze op papier, en vol zelfvertrouwen. De kraag van haar spijkerjasje stoer omhoog. Een klein streepje blote buik en haar handen in de zakken van haar zwarte jeans.

'Mooi?' vraagt hij een beetje verlegen.

'Mooi?' Ze zou hem willen zoenen, maar niet waar zijn moeder bij staat. 'Afgrrrijselijk mooi,' zegt ze en ze laat de 'r' extra lang rollen. Dolblij is ze ermee. Deze tekening is het mooiste cadeau dat ze haar moeder voor haar verjaardag kan geven.

'Komt Patrijs ook? Heb je haar wel uitgenodigd?' vraagt haar moeder als Merel de slagroom klopt.

Merel duwt haar broertje weg, die zijn vingers in de slagroom steekt. 'Ze houdt niet zo van verjaardagen.' Ondanks de feestdag voelt Merel zich niet happy. Een donker wolkje achtervolgt haar hinderlijk. Schuldgevoel?

Waarom had Patrijs die envelop niet zelf gegeven? Zou ze het echt niet gedurfd hebben? Onmogelijk. Patrijs durft alles.

Maar misschien dacht ze wel dat Merel het leuk zou vinden om samen met haar Ollie te pesten.

Natuurlijk wist Olivier dat die dooie mus van Patrijs kwam. Ze had hem al voorbereid door te zeggen dat de enige goeie mus een dooie mus is.

Merel veegt het aanrecht schoon. De gedachten aan Patrijs blijven zich aan haar opdringen, als een voet tussen de deur. Een voet met op de nagels droevige gezichtjes.

Heeft ze wel een reden om zo boos te zijn? Diep in haar hart vindt ze het wel een origineel idee van Patrijs om op die manier wraak te nemen op Olivier. Hij had haar immers een braaf trutje genoemd en Koek een vuile chimpansee.

Zouden ze dit nu bedoelen met piekeren? 'Stop met piekeren en doe wat,' zegt ze opeens hardop tegen zichzelf.

Ze pakt de telefoon en toetst het nummer van Patrijs in. Er wordt niet opgenomen. Ze zit natuurlijk achter op de brommer bij Woutertje kaboutertje.

's Maandags verschijnt Patrijs niet op school. Straks aan Sneeuwwitje vragen of ze zich ziek gemeld heeft, besluit Merel.

Opeens komt Olivier op haar af en begint zowaar tegen haar te praten. Ze probeert haar verbazing te verbergen.

'Moet jij altijd de vuile klusjes van Patrijs opknappen? Durfde ze die envelop niet zelf te geven?'

Merel weet niet zo snel iets te zeggen, maar dat hoeft ook niet want hij vervolgt: 'Zodra ik een dooie patrijs heb mag jíj die aan haar geven.' Zijn grimmige gezicht klaart op. Hij vindt dit blijkbaar zelf wel een goeie grap.

Merel voelt zich opgelucht. 'Best, als je mij maar geen dooie merel geeft,' flapt ze eruit.

Daar kan hij ook wel om lachen.

'Weet jij waar ze uithangt? Ik wil mijn spijkerjack terug en ze neemt niet op als ik bel. Wil jij haar eens bellen, misschien neemt ze dan wel op.'

'Best.' Merel laat de kiestoon lang overgaan en haalt uiteindelijk haar schouders op. 'Bij mij ook niet.'

'Shit, daar baal ik van,' mompelt hij. 'Dat ding was hartstikke duur.'

'Dan heb je die ring zeker ook nog niet terug?' vraagt Merel.

'Ring?'

'Die ring van je moeder, die ze per ongeluk heeft doorgeslikt.' Olivier grijnst. 'Bullshit. Geloofde jij dat verhaal echt? Een ring slik je niet per ongeluk in. Trouwens, die diamant was nep, net zo nep als ze zelf is. Ze mag hem houden.'

Om haar verwarring te verbergen stelt ze snel een andere vraag. 'Leeft jullie poes nog na het koelkastavontuur?'

'Dropje heeft de moordaanslag overleefd. Het arme beest kwam koud en stijf uit de koelkast, ik heb hem onder mijn trui tegen mijn buik opgewarmd.'

Merel bekijkt hem opeens met andere ogen. Zo zou zij het ook gedaan hebben. 'Heet hij Dropje?'

Er verschijnt nu een echte glimlach op Oliviers pokerface. 'Ja, hij is pikzwart, met een klein wit befje.'

'Dat is ook toevallig,' zegt Merel. 'Wij hebben een pikzwarte hond met een klein wit befje. Hij heet Roy.'

Nu lacht Olivier voluit. 'Dus die bodyguard van jullie is een hond? Hahaha.'

Oei, wat stom. Merel kan wel door de grond zakken.

'Patrijs is stinkend jaloers op je vriendje Roy,' zegt Olivier nog nagrijnzend.

Om de een of andere reden wil Merel Patrijs verdedigen. 'Patrijs wilde jullie poes niet vermoorden, ze was hem vergeten.'

'Ja, aan m'n reet. Patrijs is een ijskoude, ze haat katten en liegen en bedriegen is haar grootste hobby.'

'Waarom ging je dan met haar om?'

'Ach, ze heeft een hoog amusementsgehalte,' zegt hij met een hooghartig kuchje.

Toch een klootzak, denkt Merel. Ze draait zich om en wil weglopen.

'Als je haar toevallig ziet, zeg dan dat ik mijn spijkerjasje onmiddellijk terug wil.'

Zoek het zelf maar uit, denkt Merel. Zonder te groeten loopt ze bij hem vandaan. Die ring had Patrijs dus niet doorgeslikt. Goh... Zo'n perfect toneelstukje, met echte tranen. Olivier en Koek schijnen dat beter te begrijpen. Maar die weten niet wat zíj weet. Als Olivier haar een ijskoude noemt, dan zullen ze niet verder gegaan zijn dan alleen maar zoenen. Dan weet hij ook niets van haar krassen en haar pijn vanbinnen.

Nog in gedachten verzonken ziet ze opeens het grijze pluishoofd van Sneeuwwitje voor haar lopen. Ze sprint erheen.

'Patricia's moeder heeft haar ziek gemeld,' vertelt Sneeuwwitje aan Merel. 'Ben jij dit weekend nog bij haar langs geweest, toevallig?'

'Ik wil er vanmiddag heen. Of denkt u dat ze daar te ziek voor is?'

'Dat is een goed idee. Ik zou graag met je meegaan, maar ik ben gestoken door een wesp.' Ze trekt haar mouw op. Haar onderarm is rood en gezwollen. 'Ik voel me niet zo lekker, ik ga vlug naar huis. Doe de groeten aan Patricia en wens haar beterschap.'

'Ja, u ook beterschap met uw arm.'

Na school probeert ze Patrijs nog eens te bellen. Geen gehoor.

'Mam, ik fiets even naar Patrijs, ze was ziek vandaag.'

'Oh, prima, neem een paar bananen mee. Daar houdt ze toch zo van?'

Merel houdt een plastic draagtasje open en haar moeder stopt er een trosje bananen in. 'Heb je soms een vaasje over? Ik liet er een kapot vallen bij haar.'

Haar moeder grijpt het vaasje met tulpen van tafel. Ze gooit het water eruit, zet de bloemen terug en stopt alles netjes in het draagtasje. 'Kom je op tijd thuis? We eten vroeg, omdat we van-avond naar Annes verjaardag gaan. Niet vergeten, hè.'

'Dan ga ik wel op de fiets. Doei.'

20

Onderweg denkt ze er opeens aan: 30 september, dan is ook de broer van Patrijs jarig. Tenminste, dat stond op de verjaardagskalender in hun toilet. Oh god, straks komt ze midden in een feestje terecht. Een hele flat vol visite. Dan zou ze zeker niet aanbellen. Ze zet haar fiets op slot tegen een lantaarnpaal.

Op de balkonnetjes van het flatgebouw wappert wasgoed. Uit de open ramen klinkt muziek en babygehuil. De vorige keer was die herrie haar niet zo opgevallen. Vóór haar sleept een vrouw met krulspelden twee tegenstribbelende kinderen mee.

In de hal staan fietsen en kartonnen dozen met oud papier. In een halflege doos slaapt een rode kat. Merel aait hem voorzichtig over zijn rug. 'Tijger, ben jij dat?' Hij staat op, rekt zich uit en draait een rondje. 'Zal ik jou maar meenemen, anders ga jij stoute dingen doen, zoals vogeltjes vangen.'

'Prrrrrr...' doet de kat alsof hij blij is met de aandacht.

'Zul je me niet krabben?' Hij knippert goeiig met zijn ogen.

Merel zet haar tas op de grond en tilt hem uit de doos. Hij gaat nog harder spinnen en zijn voorpoten bewegen heen en weer over haar schouder. Zijn snorharen kietelen tegen haar wang.

Nu moet ze wel met de lift. Tijger is net zo zwaar als de draagtas. Gelukkig wil er nog iemand omhoog, een oudere dame met een bontkraagje op haar jasje. Ze draagt ook een plastic tasje.

'Ik moet naar de vierde, en jij?' vraagt ze vriendelijk.

'Ik moet naar de zevende,' antwoordt Merel.

'Deze gaat alleen naar de even verdiepingen.'

'Ja, ik loop van acht naar zeven.' Merels benen worden wat wiebelig. Ze weet niet wat ze enger vindt: de lift of het bezoekje aan Patrijs.

'Het is een schande dat ze de lift voor oneven nog steeds niet ge-maakt hebben.' De dame drukt eerst op vier en daarna op acht. 'Ik bof dat ik op even woon. Die poes over je schouder, enig, het is net of je een levende bontkraag hebt.'

'Dank u, hij is van de moeder van mijn vriendin. Tijger heet-ie.'

'Ooh, díé mensen...' Haar gezicht verstrakt. Als ze uitstapt zegt ze: 'Dag, meisje, doe de groeten aan Patricia.' Ze zegt nog iets, maar dat kan Merel niet zo goed verstaan. 'Het arme kind', of zoiets.

Er klinkt weer muziek uit de flat, alleen niet zo luid als de vorige keer. Ze hoort er geen stemmen doorheen. Dan zal de flat niet vol mensen zijn. Ze zet haar tasje voorzichtig op de grond en belt aan.

Na drie keer tevergeefs bellen voelt ze met haar vingers boven de deurpost. Ze vindt de spleet, maar geen sleutel.

'Er moet iemand zijn,' zegt ze tegen Tijger. 'Of zouden ze de radio of tv altijd aan hebben staan? Jij moet dat weten.' Tijger spint in haar oor. Merel krijgt het warm van hem.

Wat moet ze nu doen? Stel dat Patrijs ziek op bed ligt. Of nog erger. Haar hart begint te bonzen.

Het halfopen raam van de keuken is vergrendeld. Zij kan er niet door. 'Ga jij maar naar binnen.' Ze tilt de kat van haar schouder en duwt hem door het raam. Hij springt van de vensterbank op het aanrecht en likt uit een kuipje boter. Eigen schuld, dan had-den ze het dekseltje er maar op moeten doen.

Wat nu? Nog maar een keer bellen of met de brievenbusklep rammelen? Ze pakt de draagtas en wil deze ook door het raam duwen.

Oh god, ze gelooft haar ogen niet. Van schrik laat ze de draagtas vallen en hoort het vaasje breken. 'Tijger?' Daar is er nóg een. Hij sluipt met zijn buik over de grond de keuken in, zijn oren plat in zijn nek. Zijn staart zwiept dreigend heen en weer. Nee, hè, heeft ze dan een wildvreemde kat naar binnen geduwd? Wat een ramp!

Lieve hemel, daar heb je het al. Een rode kluwen van poten en staarten stuitert van het aanrecht over de vloer. De krijsende haarbal overstemt de muziek.

Merel staat als aan de grond genageld. Dat katten zo agressief kunnen zijn. Wat moet ze doen? 'Tijger! Hou op!' gilt ze. Alsof dat iets uithaalt. Ze trekt nog eens aan het raam. Er zit geen beweging in. Als de katten uit het zicht zijn stopt de muziek opeens en er klinkt een ijzingwekkend gevloek. De voordeur knalt open. Een van de twee katten vliegt door de lucht en schiet tussen de tralies van het hek door. In een reflex grijpt Merel zijn staart. Ze trekt hem op het nippertje terug. Als dank krabt hij met zijn nagels over haar hand. 'Au.'

Merel likt over de rug van haar hand en kijkt verbijsterd toe hoe de kat in galop naar de brandtrap vlucht. In de deuropening hangt Paul. 'Hé, muts, als je nog eens wat leuks weet.'

'Sorry, sorry, het spijt me.' Merel houdt haar handen verontschuldigend omhoog. 'Ik dacht echt dat het Tijger was.'

'Onze kat heeft een klein wit sokje linksachter. Wat kom je doen? Patries is er niet.'

'Waar is ze dan?'

'Geen idee, maar als je haar ziet vraag dan of ze een nieuw voorraadje stuff meeneemt.'

'Stuff?'

'Ja, zij snapt dat wel.'

'Ze was niet op school.'

'Oh nee joh?' Er verschijnt een ongeduldig trekje om zijn mond. Straks gooit hij de deur dicht, denkt Merel. Ze wil hem nog van alles vragen. Opeens schiet haar iets te binnen. Met de moed der wanhoop stamelt ze: 'Gefeliciteerd met je verjaardag!'

'Zo, ben ik jarig?'

'Ja, kijk maar op de kalender in jullie toilet.' Merel pakt haar plastic tas van de vloer. 'Ik heb wat voor je.'

Zijn gezicht ontspant, hij houdt zowaar de deur voor haar open. 'Nou ja, kom dan maar binnen. Welkom in de zevende hemel.'

Half aangekleed loopt hij voor haar uit. Zijn bleke harige o-benen en afgezakte sportsokken trekken Merels aandacht. Enorme voeten, heel anders dan de elegante voetjes van Patrijs. Boven zijn boxershort draagt hij een te klein spijkerjasje. Ze volgt hem naar de huiskamer. Hij hoest en nestelt zich op de zwartleren bank naast de echte Tijger. 'Dus nu krijg ik wat voor mijn verjaardag. Jippie! Hoe oud ben ik geworden?' Hij trommelt blij met zijn handen op de bank, tussen zijn gespreide benen.

Tijger legt zijn oren plat. Hij houdt blijkbaar niet van feestjes bouwen.

Merel heeft het gevoel dat Paul haar in de maling neemt. Of misschien heeft hij ze niet allemaal op een rijtje. Gewoon vriendelijk blijven, dat lijkt haar het beste.

'Ik denk... achttien?' Ze vist de tulpen uit haar draagtasje en bundelt ze tot een fatsoenlijk bosje. 'Alsjeblieft, bloemen... Voor jou.' Serieus reikt ze hem de bloemen aan. Help, wie was hier nou de achterlijke? Zij toch zeker. Haar wangen kleuren vuurrood. Hij kijkt overdreven blij en laat haar gewoon voor gek staan, met de geknakte tulpen. 'Hier.' Hij pakt ze niet aan en begint te schateren. 'Ik krijg bloemen voor mijn achttiende verjaardag van een schattig meisje? Dat is nog niet eerder vertoond.' Zijn hoofd valt achterover en zijn armen slaan op de zitting van de bank. Het lachen gaat over in hoesten.

Tijger vlucht de kamer uit.

Merel wil het liefst zijn voorbeeld volgen, maar durft niet.

'Wat ben jij voor een halvegare?' hikt Paul. 'Propt een vreemde kat naar binnen, beweert dat ik jarig ben en geeft mij een zielig bosje bloemen.' Blijkbaar ziet hij dat ze bijna uit elkaar valt van de zenuwen, want iets rustiger zegt hij: 'Toch lief bedoeld, ga zitten.' Hij pakt de bloemen aan. 'Het staat verkeerd op de kalender. Foutje van Patries. Ik ben pas 30 oktober jarig. Maar goed. Laten we het gezellig maken. Zo vaak krijg ik geen bezoek.' Hij staat op. 'Wil je een biertje? Nee? Een glaasje cola dan maar? Lauwe cola, want onze koelkast is gisteren kapotgegaan.' Hij verdwijnt naar de keuken.

Merel kijkt hem na. Ze veegt haar klamme handen af aan haar broek en haalt een paar keer diep adem. Ze heeft zijn spijkerjasje meteen herkend. De bijzonder knopen en de dikke stof. Het dure jasje van Olivier. Zou Patrijs het aan haar broer hebben gegeven? Tijger komt terug en springt op zijn oude plekje. Hij loopt een beetje mank.

'Goh, ik heb in jaren niet zo'n gezellige verjaardag gehad,' hoort ze vanuit de keuken.

Merel voelt zich opgelaten. Hij behandelt haar als een klein kind. Zou hij ook zo met Patrijs omgaan?

Met twee bekers en een blikje knakworsten sloft hij de kamer in. Snel maakt Merel een plekje vrij op het veel te volle tafeltje.

'Alsjeblieft.' Hij reikt haar een blikopener aan. 'Maak maar open. Ik ben zo terug.'

Daarin lijkt hij wel op Patrijs, denkt Merel. Ze vragen niet, ze commanderen. Dan kun je moeilijk weigeren.

Even later verschijnt hij met een fles cola en een plastic maatbeker waar de tulpen slordig in hangen. Zonder water!

Merel zit op het randje van de stoel tegenover hem. Het geopende blikje staat op het tafeltje tussen hen in. 'Was Patrijs vannacht niet thuis?'

'Ik heb niets gehoord, dus ze zal wel weer bij een vriendje hebben geslapen.'

Hij schenkt de bekers vol en pakt het blikje van tafel. 'Waarom noem je Patries steeds Patrijs, heeft ze dat zelf bedacht?' Hij hoest en gaat weer naast Tijger op de bank zitten.

'Nee, de biologieleraar, vanwege haar rode haar... Noem jij haar altijd Patries?'

'Meestal noem ik haar domme doos, daar is ze aan gewend.'

Merel kan niet geloven dat Patrijs dat pikt. 'Weet je soms bij welk vriendje ze kan zijn?'

Paul biedt haar een knakworstje aan. 'Een of andere drugsdealer die ook in een bandje speelt, volgens mij heet hij Richard... of Stefan?'

'Oh.' Met tegenzin neemt Merel het koude slappe worstje aan en uit beleefdheid neemt ze een hapje.

Tijger steekt zijn neus omhoog en snuffelt in de richting van het blikje worst.

'Niet te zuipen,' zegt Paul als hij een slok neemt. Hij staat op en pakt een fles drank uit de kast. 'Scheutje rum erdoor?'

'Nee... Nou, een heel klein beetje graag.' Merel lust geen koude worst en warme cola met rum. 'Ze neemt haar telefoon steeds niet op,' vervolgt ze.

'Vergeten op te laden, overkomt haar altijd.' Hij schenkt zijn eigen beker tot de rand vol.

Merel kijkt toe hoe hij zijn vingers aan zijn broek afveegt. 'Ben jij altijd thuis?'

'Ja, proost, op mijn gezondheid,' hoest hij. Hij houdt zijn beker omhoog.

'Proost.' Merels beker heeft geen oor. Met twee handen houdt ze hem omhoog. 'Ben je ziek? Je hoest zo.' Ze neemt een slok en probeert niet te laten merken hoe vies ze het vindt.

'Beetje verkouden.' Hij drinkt klokkend, laat een boer en lacht van oor tot oor. Dan leunt hij achterover en steekt een stekker in een stopcontact. Naast hem flikkeren plotseling lichtjes in een kale kerstboom. De naalden liggen er nog onder. 'Sfeertje, hè, het leven is een feestje, maar je moet zelf de slingers ophangen.'

Hij spoort niet helemaal, denkt Merel. 'Tijger loopt mank, weet je hoe dat komt?'

Paul schuift zijn benen onder zich en tilt de kat op. Hij drukt zijn grote neus tegen die van Tijger en met een kinderstemmetje zegt hij: 'Ja, eigen schuld, hè, domme poes.'

'Hoezo?'

'Patries had een muizenval met kaas achter de koelkast gezet. Domme poes is dol op kaas. We hoorden opeens heel hard miauwen. Haha, toen danste hij met de muizenval aan zijn voorpoot door het huis.'

'Ah, wat zielig!' roept Merel geschokt. Desondanks is ze opgelucht dat het niet haar schuld is, zoals Patrijs had beweerd tegen Olivier.

'Vind jij iedereen dom?' Merel schrikt van haar brutale vraag. Maar waarom zit hij dan ook zo stom te lachen omdat hun kat pijn had?

Op autoritaire toon zegt hij: 'Ik ga ervan uit dat iedereen dom is, totdat het tegendeel bewezen is... Shit, natuurlijk! Die muizen!' Hij schiet onverwachts snel de keuken in.

Merel begrijpt niet wat hij bedoelt. Ze voelt zich erg ongemakkelijk en is blij dat hij even weg is. Hij zal haar wel ongelooflijk dom vinden, na die stunt met de vreemde kat. Nu moet ze dus het tegendeel bewijzen. Ze betwijfelt of dat vandaag nog gaat lukken.

21

Merel breekt haar worstje in stukjes en voert ze aan Tijger, die inmiddels met zijn voorpoten bij haar op schoot staat. Ondertussen kijkt ze rond. Wat een bende. Dikke plukken stof op de vloer. Vuile glazen en volle asbakken. Overal liggen kranten en tijdschriften. Verspreid door de kamer liggen kledingstukken en handdoeken. Spinrag rond de gordijnrails en tussen de kale takken van de kerstboom.

Paul komt binnen, met een elastiek om zijn dreadlocks en een sixpack bier onder zijn arm.

Snel drinkt Merel haar beker leeg. 'Ik moet gaan.'

'Wat, nu al? Het feestje is nog maar net begonnen.' De toon waarop hij het zegt maakt duidelijk dat ze niet mag tegensputteren. 'Blijf nog even, meisje-hoe-heet-je-ook-alweer?'

'Merel.'

'Merel, vertel eens wat over jezelf.' Hij schenkt haar beker vol rum en cola en trekt met zijn pink een blikje bier open.

Ze neemt een slok en vindt het al minder vies. Ze voelt zich een beetje afwezig worden. Niet vervelend of zo, gewoon minder nerveus. 'Jij eerst. Je bent toch de stiefbroer van Patrijs?'

'Hm, vooruit dan maar. Ik weet niet wat je al weet, maar mijn vader trouwde met Patricia's moeder toen ik veertien was. Patries is twee jaar jonger dan ik. Haar vader is verongelukt, met de auto uit de bocht gevlogen. Dood. Hij reed wel tweehonderd kilometer per uur.'

Merel kreunt. 'Wat vreselijk.'

'Op zijn grafsteen staat: Uit ons leven gevlogen.' Zonder hand voor zijn mond hoest hij naar opzij. Dan praat hij iets zachter, alsof hij geheime dingen vertelt. 'Vanaf die tijd werd Patries heel lastig. Driftbuien en zo. Haar moeder werd knettergek van haar. Ik niet. Patries en ik kunnen wel lachen samen. Als ze zo'n woedeaanval krijgt, ga ik boven op haar zitten, tot ze is afgekoeld. Later kregen mijn vader en Patries' moeder steeds vaker ruzie. Twee jaar geleden gingen ze scheiden. Ik moest met mijn vader mee naar Berlijn. Ik was liever hier gebleven.'

Hij trekt twee worstjes uit het blik, kauwt en praat tegelijk. 'Zwaar klote was het in die rotstad. Die stomme moffen. Ik wilde geen Duits leren, dus bleef ik zitten op school. Mijn vader vond steeds nieuwe vriendinnen die mij wilden bemoederen.' Hij zet het blikje op tafel en zwaait met zijn hand. 'Hallo, boeit 't je nog? Je kijkt zo wazig.' Een worstje bungelt als een sigaar uit zijn mond.

Merels ogen schieten van de schimmelige pizzakorsten onder tafel naar de flikkerende lampjes in de kale boom. Ze probeert een goed antwoord te vinden, maar haar tong voelt raar dik. 'Oh,' zegt ze en haar mond blijft in die stand staan.

Zijn bruine ogen staan iets vriendelijker. 'Je zult het wel kunnen raden. Ik liep weg van huis. Ja, wat moest ik? Toen belandde ik in een kraakpand in het centrum van Berlijn, met een stel hardcore junks. Wow, wat ik daar allemaal meemaakte, dat wil je niet weten.'

Merel knikt. Ze wil het wél weten.

'Zomers ging het nog, maar toen werd het winter. Jezus christus, echt afzien. Geen cent te makken, geen verwarming. Ik at kattenvoer uit blik om in leven te blijven. Uiteindelijk ben ik liftend teruggekomen. Patries dolblij.'

Hij strekt zijn benen over de bank en trekt Tijger aan zijn voorpoten naar zich toe. 'Wist je trouwens dat ze hartstikke jaloers op jou is?'

'Op mij?' Merel verslikt zich in haar rum-cola. 'Waarom? Zij is de popu... de mooiste, de g-grappigste en ze duft alles... Ze vesiert zelfs de lerare.'

Paul laat weer een boer. 'Sorry, ik heb last van mijn maag. Ja, dat

wel... Ze heeft een grote bek omdat ze niets te verliezen heeft.'
Merel humt alsof ze het begrijpt en kijkt naar de krassen op de
rug van haar hand. Hoe komt ze daar nou weer aan? Oh ja, die
vreemde kat die ze gered heeft. Dat lijkt al een tijd geleden. Hoe
lang zit ze hier eigenlijk?
'Patries kan niet goed leren, en actrice zal ze nóóit worden.'
'Waalom niet?'
'Vanwege haar landkaartlijf.'
'Goh,' brengt Merel uit. Ze ziet Pauls hoofd dubbel. 'Gaan diel...
lil-littekes nooit meer weg?' Help... Wat doet haar stem vreemd.
'Nee.'
'Als jut niet erg vindt, ik moe naal huis, mijn moeder is onge-
lust... Ongelukt...'
'Ongerust bedoel je.' De stem van Patrijs. Hoe lang staat ze al
mee te luisteren?
'Zitten jullie hier lekker door te zakken zonder mij?' Ze buigt
naar haar broer en geeft hem een kus op zijn mond. 'Dag broer,
hier... cadeautje.' Ze laat een plastic zakje met groen spul op zijn
schoot vallen.
'Alleen dit? Geen hasj?' Hij kijkt als een jochie dat een veel groter
cadeau had verwacht.
'Blutterdeblut-blut-blut,' zingt Patrijs. Ze danst een rondje en
belandt achter Merel. Haar armen vouwt ze om haar heen en ze
drukt haar wang tegen die van Merel. 'Ach, lieffie, je hebt au!' Ze
pakt haar hand en geeft een kusje op de krassen. 'Heeft Tijger je
gekrabd? Hoe ben jij in godsnaam binnengekomen? Paul laat
nooit iemand binnen.'
'Ze deed een poezentruc,' zegt Paul. Hij legt het uit.
Patrijs grinnikt alsmaar harder. 'Dat was Big Mac, de flatkat. Hij
lijkt wel op Tijger, alleen is-ie veel liever.' Ze neemt een slok uit
de beker van haar broer en wijst naar de slappe tulpen. 'Wat leuk,
maar daar moet water bij, stelletje domoren.'
Merel hoort hen praten, alsof ze er niet bij hoort. Is ze nu dronken? Niet eens vervelend, maar hoe komt ze thuis?

Patrijs duwt Tijger weg, trekt Pauls benen van de bank en gaat naast hem zitten. 'Gezellig zo met z'n drietjes. Kom je bij ons wonen, kuikentje? Zijn wij vader en moeder en jij ons kind?' Ze stoot Paul aan. 'Nou, vadertje, zeg eens wat verstandigs?'

Vadertje laat een boer en gooit zijn benen over Patrijs' schoot. 'Ik heb honger, wat eten we?'

Patrijs aait zijn knieën. 'Wat dacht je van pizza en Ben & Jerry's? Eet je mee, chicken?'

Merel probeert nee te schudden, maar de omgeving begint te draaien en de boodschap komt niet over.

Patrijs plukt aan de haartjes op Paul zijn schenen en zit nog op een antwoord te wachten. Wat vroeg ze ook alweer? Ik moet iets zeggen, denkt Merel. Ze schraapt haar keel. 'Sneeuwwindje wilde ook mee... meekomen, maar ze konnie.'

'Aaach, wat jammer,' grinnikt Patrijs. 'Waarom kon ze niet, ons Sneeuwwindje?'

'Nou, kijk... ze isse, ze is allergisch voor wepse en moest onminnelijk naar huis.'

'Was ze gestoken?' vraagt Patrijs met een onderdrukt lachhikje.

Opeens zegt Paul: 'Ik heb de koelkast gemaakt. Die kutmuizen hadden het snoer kapotgebeten.'

'Shit. Ik zal rattengif kopen. De diepvries doet het toch nog wel?'

Merel krijgt een onbestemd gevoel. Zoals die twee met elkaar omgaan, ze lijken wel getrouwd.

Als Patrijs uitgebreid gaapt durft ze te vragen of ze echt ziek was. Patrijs neemt een slok uit de fles met rum. 'Ja, ik was schoolziek... Haha. Ik logeerde twee nachtjes in de kerk.'

'Hoe kunneju nu in de kerk...?' Oh god, het praten gaat steeds moeilijker. Ze moet weg hier.

'In het Heilig Hart, bij Wouter. Hartstikke tof, allemaal tentjes en caravans, net een grote familie. Je zou eens mee moeten gaan.'

'Ja, maar ik moet naar huis, mijn moeder wordt onge...'

147

'Ja, ja... On-ge-rust! Oké kuikentje, ik loop wel een stukje met je mee.'

Merel staat op, ziet sterretjes en ligt plotseling languit op haar buik. Ze hoort sissende lachjes boven zich.

Hier ligt een rost in de blandring, denkt ze. Gewoon omgekukeld. Haha. Ze draait zich op haar rug en kijkt naar de bruine vlekken op het plafond.

'Kom, slettenbak.' Iemand sjort haar omhoog. Ze ruikt het luchtje van Patrijs. 'Hmm, lekker.'

'Je wilde toch naar huis? Je moeder wordt ongerust.'

Leunend op Patrijs' schouder kijkt ze in de spiegel van de lift. 'Dag,' zegt ze tegen vier meisjes.

Eenmaal beneden laat Patrijs haar plotseling los. 'Zeg maar tegen Sneeuwwitje dat ik buikpijn heb, ja? Ziek, zwak en misselijk! Red je het, of zal ik nog een stukje meelopen?'

Merel wiebelt maar blijft overeind. ''t Gaat plima, dank je. Tot mollege.' Merels benen lopen maar wat.

'Merel?'

'Ja?'

'Je moet die kant op!' Patrijs wijst naar de andere kant.

'Oh ja, haha. Nou, dag dan.' Ze geeft een pets tegen haar bovenbeen. 'Foei, jullie!'

Vlak voor haar huis voelt ze het fietssleuteltje in haar zak. 'Gut, kwas op de fiest.' Op de automatische piloot sukkelt ze terug, het sleuteltje in haar vuist geklemd.

Nou zeg, iemand heeft haar fiets zomaar tegen de muur gezet, wat brutaal! Ze steekt het sleuteltje in het slot en draait... 'Verdorie!' Het lukt niet.

'Mag ik vragen wat je aan het doen bent?'

Merel kijkt omhoog. Een mevrouw met een... Haha, een hondenkontmondje.

'Ja, hoor, damag wel.'

Het mondje gaat weer open. 'Ik denk niet dat het je lukt.'

'Waalom niet?'
'Omdat dit mîjn fiets is.'

Lopend met haar fiets aan de hand komt Merel thuis. Ze heeft een duffe kop en een blaar op haar hiel. Alleen de grijze stoeptegels kan ze zich herinneren en het piepen van haar kettingkast. Haar moeder loopt met een gieter langs de planten in de vensterbank. 'Kind, wat ben je laat!'
'Ja sorry hoor, ik moet, ik ga biogolie leren.'
Eenmaal op haar kamer valt ze op bed. Alleen om even na te denken.

Ze hoort de stemmen van Paul en Patrijs steeds luider roepen. 'Eet door, domme Merel,' commanderen ze en ze proberen stukjes pizza in haar mond te proppen.
Patrijs tikt ongeduldig met een groot mes op tafel. 'Uilskuiken, opeten, anders word je nooit volwassen!'
'Hou maar op,' zegt Paul hoofdschuddend. 'Sommige mensen kun je niets bijleren, die blijven hun hele leven dom.'
'Drink dan wat,' commandeert Patrijs boos. Ze duwt een flesje bier tegen Merels lippen. 'Moet ik soms een speen op het flesje doen?'
Nu tikt Paul met twee flesje tegen elkaar, steeds harder. Merel kan het getik niet meer verdragen. Ze steekt twee vingers in haar oren... dwars door een warme massa, tot de vingertopjes elkaar raken.

'Kind, waar blijf je nou?' Merel schrikt wakker van haar moeders stem.
'Jahaa.'
'Trek iets leuks aan voor vanavond.'
Trek iets leuks aan? Het duurt even voordat Merel zich herinnert dat ze mee zou gaan naar tante Annes verjaardag.

Beneden zit iedereen op haar te wachten.
Tijdens het eten luistert Merel naar de monoloog van haar moe-

der. Het gaat over hun vreselijke buurvrouw die wil scheiden. 'Zo sneu voor die kinderen, die begrijpen er niets van. En nu wil zij dat die kleintjes partij kiezen voor haar terwijl hij...'
Merel sluit haar ogen en laat haar fantasie de vrije loop.

Mam, pap, ik was dronken vanmiddag. Zo lekker stomdronken. Uit beleefdheid heb ik rum-cola gedronken met Paul, die was jarig, en opeens lag ik op de grond. Patrijs kwam uit de kerk en sleurde mij naar beneden. Ik kon niet eens rechtuit lopen en toen ik bijna thuis was moest ik weer terug om mijn fiets op te halen, haha. En toen deed het slot het niet, maar dat kwam omdat het mijn fiets helemaal niet was. Lachen, hè?

Ze slaat haar handen voor haar gezicht en grinnikt. Stel je voor dat ze dát nu zou zeggen.
'Wat zit jij te lachen?' vraagt haar moeder terwijl ze Merels handen wegtrekt. 'Je hebt echt geen idee hoe erg dat is voor die kinderen. Ouders die altijd ruziemaken en dan moeten ze ook nog verhuizen naar een goedkoop flatje... Mogen ze hun eigen vader niet meer zien.'
'Nee mam, ik heb geen enkel idee, mag ik nu van tafel? Ik moet me nog omkleden.'

Als ze om tien uur weer thuis is, opent ze haar mailbox. Er zit een e-mailtje met bijlage van Patrijs in.
Ha chickie, mijn broer vind je schattig! Zie bijlage. Hij wilde ze op internet zetten en toen zei ik dat je dat mischien niet goed zou vinden. Ach, zo hebben we allemaal onze eigenaardigheden.
Merel opent de bijlage. Ooooh! Foto's van haar. Eerst de metamorfosefoto. De tranen in haar ogen zijn heel duidelijk te zien. PRETTY BABY staat eronder. Daarna de foto op Patrijs' bed. STONED. Ook een foto van haar languit op de vloer. LAM.
Merel verwijdert de e-mail zo snel ze kan. Daarna leegt ze haar prullenbak alsof het om een levensgevaarlijk virus gaat. Grote god. Dit is eng, ze chanteert me. Als ik Sneeuwwitje over haar

krassen en spijbelen vertel, dan zet ze deze foto's op internet.
Merel rilt. Het is alsof er een ijsklontje langs haar rug glijdt.
Ze leest in haar biologieboek, maar de tekst dringt niet tot haar
door. Nare gedachten laten zich niet verjagen door de fotosyn-
these van groene blaadjes.
Ze probeert aan Koek te denken. Zou ze hem in vertrouwen nemen? Maar ze kan hem toch niet opzadelen met haar problemen? Zijn advies kent ze inmiddels. 'Laat Patrijs barsten.' Goed
advies, moeilijk uitvoerbaar.

Ze brengt niets van het proefwerk terecht. Zelfs op de makkelijk-
ste vragen weet ze het antwoord niet. In haar hoofd is het een
chaos.
In de grote pauze spreekt Sneeuwwitje haar aan. 'Dag, meisje,
heb je even?'
De wespensteek, schiet het door Merels hoofd. 'Is uw arm weer
beter?' vraagt ze.
De Witte trekt haar mouw op. 'Kijk, het jeukt alleen nog, maar de
zwelling is weg. Hoe was het gisteren bij Patrijs?'
Merel praat tegen de arm, waar ze niets bijzonders aan ziet. 'Ze
heeft buikpijn en ze moet steeds overgeven.'
'Overgeven? Is ze al bij de dokter geweest?'
'Nee... geloof ik. Dat weet ik niet zeker.' Merel voelt haar wangen
kleuren.
'Zorgt haar moeder goed voor haar?'
Merel knikt en antwoordt: 'Haar broer is ook thuis. We hebben
zijn verjaardag gevierd.'
'Mmm... Er gaan geruchten dat Patricia drugs gebruikt, weet jij
daar meer van?'
Merel trekt haar schouders zo hoog mogelijk op en staart naar de
rimpels in Sneeuwwitjes hals.
'Iemand vertelde mij dat jij ook wel eens blowt en dat Emilio de
leverancier is van die troep. Nu wil ik graag uit jouw mond horen
of dit waar is.'

Merel voelt hoe het bloed uit haar gezicht wegtrekt. Die 'iemand' moet Olivier geweest zijn. Of nog erger, zijn moeder. Aan wie zou hij die praatjes nog meer verteld hebben?

'Ik zie dat je schrikt,' zegt Sneeuwwitje. 'Is het gerucht waar? Ik kan het me namelijk niet voorstellen, jij en Emilio zijn niet bepaald het type daarvoor.' Ze legt haar hand op Merels schouder en kijkt haar strak aan.

Merels ogen stromen vol. Het allerergste vindt ze dat Koek verdacht wordt van dealen. Ze schudt haar hoofd en stamelt dat het écht, écht niet waar is. Dat ze hier niets van begrijpt. Dat zij nóóit die smerige troep zou gebruiken.

Sneeuwwitje knikt. 'Ik ben geneigd je te geloven. Ik denk dat ik weet wie de kwade genius is.'

Merel probeert geluidloos haar neus op te halen. Ze staat nog steeds als aan de grond genageld.

'Ik hoorde van meneer Van der Gissen dat je de biologierepetitie slecht hebt gemaakt, terwijl dat je lievelingsvak is. Hoe kan dat?'

Merel krijgt een dof drukkend gevoel in haar voorhoofd. Een voorbode van een gigantische hoofdpijn. Haar eerste onvoldoende op deze nieuwe school. Ze drukt haar handen tegen haar maag. 'Ik kreeg ook buikpijn, ik kon niet leren.'

'Mmm... Dat schijnt te heersen op dit moment, zo'n vaag virus. Nou ja, jij bent slim genoeg, die onvoldoende haal je zo weer op. Sterkte.'

Patrijs verschijnt weer op school. Ze voelt zich kiplekker, vooral nu ze Woutertje kaboutertje heeft gedumpt. Hij deugt van geen kant, hij houdt er drie vriendinnen tegelijk op na. En zijn nieuwe brommer heeft hij met zijn ladderzatte kop in de prak gereden.

Gebukt onder haar zware rugtas loopt Merel zwijgend de trappen op, ze probeert haar woede te verbergen. Ze zwijgt als statement, zodat Patrijs begrijpt dat ze heel fout is geweest. Als ze het al begrijpt, want die chantage met de foto's zal ze doodleuk ontkennen. Ze zal zich zelfs op de borst kloppen omdat zij het heeft weten tegen te houden.

Zou Wouter Patrijs gedumpt hebben? Net als Stefan en Olivier en waarschijnlijk vele anderen?

Jongens willen maar één ding, zegt Patrijs vaak. Wil zij dat ene ding soms niet? Ze wil niet dat iemand haar littekens ziet. Laten die jongens haar daarom in de steek?

Patrijs probeert Merel ervan te overtuigen dat het niet goed is alleen met Koek om te gaan. Naast je vriendjes moest je altijd tijd maken voor vriendinnen. (Wekenlang heeft Patrijs haar genegeerd toen ze met Olivier was.)

Patrijs stoot haar aan. 'Geef nu maar toe dat je alleen met hem omgaat om je ouders te misleiden. Ik weet heus wel beter.'

'Fijn voor je dat je alles zo goed begrijpt,' zegt Merel zo hatelijk mogelijk.

'Jezus, wat ben jij chagrijnig, zeg. Last van je slechte geweten? Ik weet het goed gemaakt, zaterdag neem ik je mee de stad in. Gaan we leuk shoppen en wat eten. Oké?'

Merel krijgt het woord 'Oké' niet over haar lippen. Als Patrijs nu gewoon zegt dat het haar spijt, dan zou alles een stuk eenvoudiger worden.

'Ik trakteer,' benadrukt Patrijs.

Merel rolt met haar ogen. 'Weet je wat, als jij nu die foto's van mij verwijdert, dan wil ik heel, heel misschien wel met je mee.'

'Oh best, als dat is wat je dwarszit.' Patrijs verwijdert de foto's onder Merels neus. 'Zo beter? Maar dat van mijn broer is wel waar. Hij vindt jou hartstikke tof. En dapper, dat ook. Dat je hem die bloemen gaf, dat vond-ie echt te gek. Hij heeft nog nooit bloemen gekregen. Daarom vergat hij ze in het water te zetten. Hij is niet zo handig met meisjes, hij heeft nog nooit een vriendinnetje gehad.'

22

Op zaterdagochtend banjeren Merel en Patrijs door het centrum van de stad. Ze amuseren zich met jurkjes passen, petten proberen, lipsticks testen, brilmonturen opzetten en cd'tjes beluisteren tot ze de winkels uitgezet worden.

Patrijs koopt een lichtblauw behaatje voor Merel. 'Als je die beha draagt, beginnen je borsten vanzelf te groeien, echt waar. Bij mij lukte het ook.'

Merel protesteert niet tegen de Patrijs-wijsheden, ze is veel te bang voor een omslag in haar humeur. Een beledigde Patrijs verandert in een wraakzuchtige Patrijs.

In een groot leeg restaurant eten ze spareribs met drie kleuren saus.

Patrijs laat haar bestek onaangeroerd. Ze eet met haar handen. Etensresten zitten rond haar mond.

Een paar keer veegt Merel haar eigen mond schoon met het servetje, maar de hint komt niet over.

Patrijs is sowieso hardleers. Luisteren kan ze ook niet. Steeds opnieuw probeert ze Merel uit te horen over Roy en dan wacht ze niet eens op het antwoord. Ze vraagt of ze al seks heeft gehad. Of hij haar niet bedriegt met andere vriendinnetjes. Ze vindt dat Merel maar beter aan de pil kan gaan, die helpt ook tegen puistjes. Zelf slikt ze de pil al een halfjaar. Zonder pauzes. Daarom wordt ze niet meer ongesteld. Zo makkelijk. Alleen vergeet ze hem wel eens in te nemen. Maar dan neemt ze er naderhand gewoon twee of drie tegelijk.

'Oh, shitterdeshit, ik zit barstensvol,' jammert ze. Ze trekt de knoop van haar broek los en tilt haar T-shirt op. Haar buik bolt zo op dat haar navel lijkt uit te stulpen. 'Kijk nou! Is dit normaal?'

Merel schudt moederachtig haar hoofd. 'Tjonge, je lijkt wel zwanger. Doe snel dicht, daar komt de ober aan.'

Patrijs bedekt haar bolle buik en kijkt de ober met besmeurde lippen en knipperende wimpers aan.

Als de ober vraagt of alles naar wens is, glimlacht Patrijs onweerstaanbaar. 'Hmmm... Het was schandalig zalig.' Met haar handen veegt ze haar mond schoon en trekt daarna met haar vette vingers aan de plooi van zijn broek ter hoogte van zijn knie. 'Hoe laat ben je vrij, schat?'

Merel bijt op haar vingertoppen van plaatsvervangende schaamte.

Maar de ober moet erom lachen. 'Sorry, schoonheid, mijn vriendin komt me vanavond halen.'

'Hè, heb ik weer,' bromt Patrijs. Evengoed geeft ze hem tien euro fooi.

Als ze aan het einde van de middag op een terrasje wat drinken, durft Merel het te vragen. 'Hoe kom je aan al dat geld?'

'Van Paul.' Patrijs neemt een handje pinda's en praat met volle mond: 'Hij verdient op dit moment heel aardig.'

'Wat doet hij dan? Ik dacht dat hij ziek thuis was.'

Patrijs knijpt haar bierblikje klein en kijkt peinzend. 'Hij wil liever niet dat ik erover praat, maar jou vertrouwt hij wel.'

Merel voelt zich gevleid. Zou Paul haar echt aardig vinden? Iedereen is dom tot ze het tegendeel hebben bewezen, had hij gezegd. Zij had alléén maar domme dingen gedaan.

'Paul is geniaal met computers, zo'n whizzkid, weet je. Hij maakt virusscanners en bedenkt daarna nieuwe virussen. Daar is goudgeld mee te verdienen.'

Merel kijkt stiekem op haar horloge. Vreemde baan, denkt ze, maar ze vraagt er verder niet naar. Ze weet inmiddels dat alle vertrouwelijke informatie die ze spontaan krijgt tegen haar gebruikt kan worden. 'Komt hij wel eens buiten?'

Patrijs friemelt aan haar loszittende oorbel. 'Paul?' Ze schudt zorgelijk haar hoofd en de oorbel valt op de grond. Merel raapt hem op. 'Laat mij maar.' Patrijs houdt dankbaar haar haren opzij wanneer Merel het zilveren ringetje voorzichtig door haar oorlelletje prikt. Door de wijde mouw van haar T-shirt ziet Merel verse snijwonden op haar bovenarm. Met bruine korstjes bedekt. Ze slikt en met trillende vingers drukt ze het ringetje dicht. Dit had ze liever niet gezien. Nu kan ze haar kop niet meer in het zand steken. Patrijs heeft hulp nodig. Als ze dan geen hulp van deskundigen accepteert, dan moet Merel die taak op zich blijven nemen. Een vriendin met psychische problemen mag je niet laten barsten. 'Zo, die schiet niet meer los.'

'Dank je.' Patrijs zucht. 'Mijn broer wil geen mensen meer zien... Hij heeft een beroerde tijd gehad in Berlijn. Daar zwierf hij door de stad zonder een cent op zak.' Ze gooit een pinda naar een duif en mompelt: 'Tussen kerst en Nieuwjaar kwam hij bij ons met een zware longontsteking. Hij is nog steeds niet helemaal beter, maar hij wil niet naar een dokter.' Dan praat ze nog zachter, meer in zichzelf. Merel kan het bijna niet verstaan. 'Soms denk ik dat hij bang is...'

'Bang?' vraagt Merel.

Patrijs staart naar de bedelende duif die nu naast haar voet zit. 'Bang dat hij aids heeft. Wil je nog wat drinken?'

'Dank je, ik moet naar huis.'

'Ga je vanavond mee naar de Graanbeurs? Richard komt ook. Ik trakteer.'

'Dat is een discotheek, daar laten ze mij toch nooit binnen?'

'Ik krijg iedereen mee,' beweert Patrijs. 'Doe wat make-up op en stop wat vulling in je beha, ja? Schoenen met hakken aan. En dan flink rechtop lopen en vooral glimlachen naar iedereen.'

Merel probeert haar glimlach uit. 'Zo?'

'Nee,' zegt Patrijs. 'Dat is te lief. Te onderdanig. Probeer eens wat arroganter te kijken. Je moet meer oefenen voor de spiegel.'

'Enne... die Richard? Bedoel je de broer van Stefan?' vraagt Merel.

'Ja, die.' Patrijs dempt haar stem. 'Hij neemt xtc mee. Moet jij ook eens proberen, zou goed voor je zijn. Gewoon een beetje je horizon verbreden.'

'Xtc?' vraagt Merel. Haar glimlach verdwijnt acuut. 'Krijg je dat zomaar van hem?'

Patrijs kijkt mysterieus. 'Kwestie van onderhandelen. Wij hebben een goeie deal met elkaar.'

'Hm...' Merel knikt begrijpend. Zou Patrijs hem chanteren met zijn hennepplantage? Zij helpt Richard en Stefan immers met oogsten. En toen Stefan onverwacht naar België vertrok dreigde ze Richard dat ze al hun geheimpjes aan de politie zou vertellen. Toch klinkt de uitnodiging aanlokkelijk. Het echte leven. Uitgaan. Leuke jongens ontmoeten. Dansen tot diep in de nacht. Merel laat haar hoofd achterovervallen en stamelt met een pruilgezicht: 'Ik mag niet uit van mijn ouders.'

Patrijs rolt verachtelijk met haar ogen. 'Je zou die navelstreng nu toch eens door moeten knippen. Je zegt gewoon dat je bij mij logeert. Peanuts.'

Merel knikt. 'Heb je nog wel eens wat van Stefan gehoord?'

'Ja. Richard zegt dat zijn bandje niet meer bestaat. Hij woont samen met Daisy Bell ergens in een gat onder Antwerpen. Hij werkt in de havens en zij is in verwachting.' Patrijs poetst de glazen van haar nieuwe zonnebril met een servetje. 'Voor geen goud zou ik met haar willen ruilen.'

Merel komt te laat voor het eten. Ze laat haar beha in haar tas zitten. Zo'n cadeautje van Patrijs zou haar moeder vreemd vinden. Ze vertelt ook niet dat ze al warm heeft gegeten.

'Een leuke dag gehad? Deed Patrijs wel aardig?' vraagt haar moeder als ze Merels bord in de magnetron zet.

'Ja, lekker geshopt en op een terrasje wat gedronken. Kijk, ik heb een leuk armbandje gekocht.'

'Had je genoeg geld bij je?'

'Ja. Patrijs wil dat ik vanavond bij haar kom. Filmpje kijken en blijven slapen. Mag dat?'

Aan de wenkbrauwen van haar moeder ziet Merel al dat ze kansloos is.

'Ach lieverd, wij kennen dat meisje helemaal niet. Laat haar eerst eens híér logeren.'

Merel sms't naar Patrijs: *Kmag niet, kom je hier filmpje kijken?*
Anderkeer. Met R. afgesproken in stad, stuurt Patrijs terug
Merel laat haar hoofd in haar handen zakken. Even overweegt ze om stiekem te gaan. Onmogelijk, ze zit gevangen in een kooi. Als haar ouders haar lege bed vinden, bellen ze direct de politie, de brandweer en de hele familie. Patrijs heeft makkelijk praten met 'even de navelstreng doorknippen'.

Maandagochtend komt Patrijs pas na de eerste pauze op school en valt tijdens wiskunde in slaap. De hele klas begrijpt dat de leraar haar met rust laat, omdat ze is gedegradeerd tot een hopeloos geval.

Als na de les iedereen is vertrokken, trekt Merel Patrijs aan haar schouders omhoog. 'Kom mee, slaapkop, we hebben Nederlands.'

Patrijs' hoofd valt terug op haar armen. 'Oh, kut,' jammert ze, 'ik heb zo'n koppijn, ben twee nachten niet naar bed geweest. Ik heb niet eens schone kleren aan.'

'Ik ruik het,' zegt Merel en ze trekt haar opnieuw overeind.

Patrijs kijkt hulpeloos omhoog. 'Kuiken, ik trek 't niet. Ik moet 'n oppepper. Loop effe mee, anders lazer ik nog van de trap.'

Merel ondersteunt haar naar de kluisjes. Uit een luciferdoosje pakt Patrijs twee blauwe pilletjes. Haar handen trillen. 'Heb jij nog water in je tas?'

Merel zoekt naar haar flesje. 'Zijn dat aspirientjes?'

'Ja, maar dan beter.' Patrijs slikt ze door en drinkt in één teug het flesje leeg. 'Het ultieme ontbijt.'

Merel sleurt haar meer dood dan levend de klas in en plaatst haar op een stoel naast zich. Ze zijn maar een klein beetje te laat.

Sneeuwwitje doet alsof ze het niet ziet. Met haar krijtje onderstreept ze een van de woorden op het bord. EMPATHIE. 'Wie? Merel, jij weet vast wel wat dit woord betekent.'

'Je in een ander kunnen verplaatsen,' antwoordt Merel.

'En kun jij dat?'

'Ik weet niet...'

'Dat kun jij heel goed, daar ben ik van overtuigd.' Sneeuwwitjes blik glijdt naar Patrijs, die alweer met haar hoofd op haar armen ligt.

Tegen het einde van de les lijkt Patrijs weer helemaal de oude. Ze knipt haar nagels en doet mascara op. Ze flost haar tanden en fatsoeneert haar kapsel. Daarna maakt ze foto's van zichzelf en verstuurt sms'jes.

Dan wordt Sneeuwwitje het zat. 'Patricia, lever je mobieltje maar in.'

Patrijs kijkt onthutst van haar mobieltje naar De Witte. 'Inleveren? Maar ik oefen in het communiceren, dat is toch ook een onderdeel van Nederlands?'

'Lieve meid, zodra jij dat woord foutloos kunt spellen, mag jij de rest van de les communiceren.'

Ze gebaart naar het bord. 'Ga je gang.'

Vol zelfvertrouwen heupwiegt Patrijs naar het bord. COMMUNISEREN, FOUTLOOS GESPELT!!!

Als ze haar mobieltje aan Sneeuwwitje heeft afgegeven loopt ze met een opgetrokken bovenlip naar haar plaats. Merel kent die blik inmiddels. Het belooft niet veel goeds.

What goes around, comes around.

De volgende ochtend gaat Patrijs dicht naast Merel op het boombankje zitten. Ze houdt een opgepropte zakdoek in haar hand en kijkt geheimzinnig.

'Wat heb je daar?' vraagt Merel.

'Niets, ik ben verkouden.' Ze snuft wat en houdt dan het zakdoekje tegen Merels oor.

Merel hoort een zacht gezoem. 'Wat is dat? Het lijkt wel een bromvlieg.'

'Snotverdorie, nu heb je het geraden,' giechelt Patrijs. Nog voordat de bel gaat schiet ze naar binnen. Als eerste zit ze in de klas. Haar armen over elkaar, quasi-ongeïnteresseerd.

Merel ruikt onraad. Haar intuïtie blijkt juist.

Als De Witte plaatsneemt aan haar lessenaar blijft ze opeens als een standbeeld zitten, met haar blik strak op het tafelblad gericht. Als haar wangen verbleken verstomt ook het rumoer in de klas. Iedereen kijkt verbaasd naar de versteende lerares. Zelfs haar ogen knipperen niet. Alle leerlingen staan tegelijk op, alsof het is afgesproken. Ook Patrijs rekt zich uit om te kijken. Dan ziet Merel opeens wat de oorzaak is. Op de lessenaar kruipen twee wespen rond. Koek is de eerste die reageert. Hij springt naar voren, trekt zijn schoen uit en mept in één slag de wespen dood.

Sneeuwwitje ontspant zich. Haar ogen knipperen weer. Ze haalt diep adem en schuift haar stoel naar achteren. 'Zijn er nog meer, Emilio? Snap jij waar ze vandaan komen?'

Koek zoekt op alle mogelijke plekjes. 'Nee. Ik zie niets meer.' Hij pakt de platgeslagen insecten op en gooit ze in de prullenbak. Daarmee lijkt het voorval voorbij en vergeten. Toch ziet Merel dat De Witte gedurende de hele les onrustig blijft. Haar ogen zoeken iets wat ze per se niet wil vinden.

Merels darmen blijven onrustig. Haar vuisten klemt ze tussen haar dijen. Dit is goed afgelopen. Toch heeft ze weer twee stomme fouten gemaakt.

Ze had nooit tegen Patrijs moeten zeggen dat De Witte allergisch is voor wespen.

Ze had het papieren zakdoekje direct af moeten pakken.

Zou het bij deze wraakactie blijven?

Als ze met Koek naar huis loopt praat ze er niet over. Ook niet als hij opmerkt dat hij het zo vreemd vond dat allebei de wespen geen vleugeltjes hadden. Dat bestaat niet. Wespen hebben altijd vleugels. Hij kijkt naar Merel omdat hij van haar een verklaring verwacht.

Ze zwijgt.

Hij praat er ook niet meer over. Neemt hij het haar kwalijk omdat ze niet helemaal eerlijk is? Omdat ze dingen weet die ze doelbewust voor hem verzwijgt?

Maar wat ze ook doet of zegt, het is nooit de juiste keuze.

Als ze opzij kijkt ziet ze voor het eerst dat zijn gezicht ook ernstig kan staan.

Het schuldgevoel blijft de rest van de dag aan haar knagen.

23

Tijdens proefwerken en overhoringen worden Merel en Patrijs een eind uit elkaar gezet.

Patrijs haalt geen enkele voldoende meer. Steeds vaker ziet Merel die afwezige blik in haar ogen.

Ze spijbelt veel en flirt met alle jongens uit de hogere klassen. Tegen Merel doet ze onverschillig. Het lijkt wel alsof ze boos is omdat Merel veel met Koek blijft omgaan. In Patrijs' ogen deugt 'die donkerbruine' niet. En als Merel dan toch zo eigenwijs is om bevriend met hem te blijven moet ze het zelf maar weten.

Als Merel mocht kiezen, dan zou ze liever nog een wraakactie doorstaan dan dit stelselmatige negeren.

Op een ochtend ziet ze Patrijs het schoolplein op fietsen. Ze lijkt in een goed humeur want ze slalomt plagend om de voetballers heen en geeft de bal een snoeiharde trap vanaf haar fiets.

Merel verzamelt al haar moed. Ze wacht haar op in het fietsenhok en grijpt haar stuur vast. 'Zijn wij geen vriendinnen meer?' vraagt ze resoluut.

Patrijs legt haar handen over de hare. 'Dag, kuikentje, jij ook goedemorgen!' Dan bukt ze om haar fiets op slot te doen. 'Weet je wat het probleem is? Jij bent nog zo piepjong. Je mag niet eens mee de stad in op zaterdagavond. En zeg nu eens eerlijk: als je het echt zou willen, dan kun je dat toch regelen? Je laat je toch niet door je ouders commanderen? Brave meisjes komen in de hemel, brutale meisjes komen overal. Snap je?'

Merel knikt. Logisch, ze is ook veel te braaf.

'Maar ik ben de kwaaiste niet, ik geef je een herkansing. Zaterdagavond. Ga je dan mee?' Patrijs knijpt in haar wang alsof ze een kleuter is. Ze tuit haar lippen, kijkt scheel en zegt: 'En Mirrél zegt: tsjink-tsjink-tsjink.'

'Goed, ik ga mee,' zegt Merel overmoedig.

'Mooi, en niet meer achter Koek aan lopen. Jij kunt veel leukere jongens krijgen. Wedden?'

Als Patrijs die ochtend continu zit te gapen en wegdommelt vraagt Sneeuwwitje of Patrijs en Merel na de laatste les willen nablijven.

Sneeuwwitje pakt een stoel en gaat tegenover hen zitten. 'Zo gaat het niet langer, Patricia. Wij, en ik bedoel alle leraren, hadden gehoopt dat je dit jaar wat beter je best zou gaan doen. Maar het tegendeel is waar. Is daar een reden voor?'

Patrijs hangt ongeïnteresseerd over de rugleuning van haar stoel. 'Een reden? Nee, ik kan niet een-twee-drie een reden bedenken. Behalve dan dat ik me vaak klote voel. Is dat een goeie reden?'

Sneeuwwitje blijft vriendelijk. 'Klote? Leg mij eens uit hoe dat voelt.'

Patrijs maakt een braakgebaar. 'Gewoon, ziek, zwak en misselijk, ik wil alleen maar slapen.'

'Zou het kunnen dat je je klote voelt omdat je drugs gebruikt? Daar krijg je namelijk concentratieproblemen van.'

Patrijs draait zich met een ruk om naar Merel. 'Heb jij soms zitten lullen?' In haar stem trilt woede.

'Echt niet!' roept Merel geschrokken en verontwaardigd. Ze begrijpt niet waarom ze hierbij moet zijn. Of zou Sneeuwwitje toch nog geloven dat Koek en zij iets met die drugs te maken hebben?

'Patricia, luister,' vervolgt Sneeuwwitje streng. 'Ontkennen is zinloos. Maar we willen je nog een laatste kans geven.' Met haar hoofd steunt ze op haar samengevouwen handen. 'Merel...'

Merel krimpt ineen bij het horen van haar naam.

'Ik wil aan jou vragen of jij Patricia zou willen helpen met jullie huiswerk. Bijvoorbeeld in de vrije tussenuren. Het kleine lokaal naast de lerarenkamer is meestal leeg. Daar kunnen jullie ongestoord werken en als je vragen hebt is er altijd wel een leraar in de buurt.'

Patrijs imiteert de houding van Sneeuwwitje en gluurt zoet van de een naar de ander.

'Goed,' verzucht Merel opgelucht. 'Ik moet toch huiswerk maken. Samen is gezelliger.'

Tijdens het eerstvolgende tussenuur schuiven ze twee tafeltjes tegen elkaar aan in het kleine lokaal. Merel pakt haar werkwoordenschrift uit haar tas en kijkt bezorgd naar Patrijs. 'Ben je echt niet lekker de laatste tijd? Je hebt steeds van die grote truien aan, heb je het gauw koud?'

Patrijs leunt tegen Merel, terwijl haar vingers een sigaretje rollen. 'Ja, koud en trillerig... Ik lijn me te pletter en ik word steeds vetter. Ik moest zelfs nieuwe broeken kopen.'

'Zou je niet eens naar de dokter gaan?' Merel opent haar lesboek Nederlands.

'Ahum! Denk je echt dat ik in mijn blootje voor zo'n vent ga staan, ík, met mijn landkaartlijf?'

'Waarom niet?'

'Daarom niet. Dan mag ik weer gaan praten met al die dubieuze logen die je het licht willen laten zien. Nou, ik poep vierkant op ze met hun persoonlijkheidsstoornissen.'

'Persoonlijkheidsstoornissen?'

Patrijs likt aan het vloeitje. 'Een ander woord voor "knettergek".'

'Gekkie, dat valt toch wel mee? Maar ik zou nu even geen joint roken.' Merel legt haar hand over de aansteker.

Patrijs tuit haar lippen, kijkt kippig en doet haar Koek-imitatie nog eens. 'Mirrél zegt: tjsink-tsjink-tsjink. Onverwachts drukt ze een kus op Merels wang. 'Jij bent lief,' zegt ze en tegelijk graait ze de aansteker onder haar hand vandaan.

Merel schuift het leerboek naar Patrijs toe. 'Laten we beginnen. Eerst een makkelijke vraag. Geef eens een voorbeeld van de voltooid verleden tijd.'

In opperste concentratie sluit Patrijs haar ogen. 'De kans dat ik de middelbare school voltooi is voltooid verleden tijd.' Ze staat opeens op en loopt naar het open raam. Haar brandende aansteker houdt ze onder de joint en ze zuigt de lucht naar binnen.

'Patrijs! Niet doen! Dat ruiken ze en dan word je van school gestuurd.'

'So what?'

Merel loopt naar Patrijs toe en rukt de joint uit haar hand. 'Zal ik aan Sneeuwwitje vragen of we bij mij thuis huiswerk mogen maken? Gaan we lekker in de tuin zitten.'

'Ja, jippie! Ik dacht dat je het nooit zou vragen.' Het klinkt blij verrast.

Nu, denkt Merel, dit is het juiste moment voor de waarheid. Ze drukt de joint uit op de tegelvloer. 'Maar even voor alle duidelijkheid. Mijn vader is geen miljonair en Roy is onze labrador. Dat had ik verzonnen. Om... om interessant te doen.' Merel ziet een ijzig glimlachje verschijnen op het gezicht van Patrijs. 'Aha, dus jij wilde mij jaloers maken. Shit, 't is je nog gelukt ook,' zegt ze met opgetrokken bovenlip.

'Sorry.'

'Ik dacht dat jij niet kon liegen.'

'Ik leer snel.'

Patrijs zwaait naar de leraar Engels, die over het schoolplein fietst. 'Hello, *gorgeous*,' roept ze met haar handen aan haar mond. De leraar Engels zwaait terug.

Dan kijkt ze poeslief naar Merel en zegt: 'Best.'

'Wat best?'

'Ga maar vragen of het goed is, huiswerk bij jou thuis.'

Merel aarzelt. Is Patrijs boos? Haar stem klinkt te kalm.

Ze loopt snel de lerarenkamer in. Sneeuwwitje zit te praten met de rector en steekt haar hand op. 'Ha, Merel, ik kom zo bij jullie.'

Patrijs zit braaf achter haar boek. 'Toekomstige tijd,' zegt ze vrolijk. 'Ik doe auditie bij Joop van den Ende en word uitgenodigd voor een hoofdrol in ONM. Dan wil ik de slechterik spelen, want dat kan ik goed. Ja toch?'

Merel schuift naast haar en glimlacht alleen maar. 'Zullen we het eerst over de tegenwoordige tijd hebben?'

Door de halfopen deur verschijnt Sneeuwwitje. Ze steekt haar neus omhoog en snuffelt als een jachthond. 'Wiet?'

Patrijs slaat haar armen over elkaar en kijkt zogenaamd stomverbaasd om zich heen. 'Wiet? Wat, waar? Ik niet.' Ze pakt Merel bij de kin. 'Jij? Kijk mij eens aan, boefje!'

Merel deinst terug. Dit is echt niet leuk meer.

Sneeuwwitjes donkere ogen lijken dwars door Patrijs' toneelstukje heen te kijken. Desondanks voelt Merel zich medeschuldig. Zíj had Patrijs tegen moeten houden. Nu stelt ze De Witte teleur. Zij, de rots in de branding... Pfff.

'Patricia, geef me je tas,' gebiedt Sneeuwwitje.

Behulpzaam tilt Patrijs haar tas op tafel. Met een goeiige glimlach en haar armen over elkaar kijkt ze toe hoe De Witte er boeken en schriften uit pakt. Agenda, etui, portemonnee. Een roze toilettasje. Een geknakte bruine banaan. Nokia, zonnebril, vuile wattenstokjes en een gebruikte pleister. Daarna draait ze de tas om en schudt. Paperclips, haarspeldjes, een wasknijper en een rolletje plakband vallen tussen de andere spullen.

Patrijs pakt de wattenstokjes, pleister en banaan. Ze loopt ermee naar de prullenbak. 'Zo'n inventarisatie af en toe is best nuttig. Fijn dat u mij helpt. Wat zoekt u nu eigenlijk, misschien kan ik helpen.'

'Wat zit er in je zakken?' vraagt Sneeuwwitje stoïcijns.

Patrijs draait een rondje met de voering van haar zakken tussen duim en wijsvinger. 'Voilà, leeg. Misschien vindt u hier wat u zoekt.' Ze hijst de tas van Merel omhoog. 'Oh hemeltje, kijk nou toch,' zegt ze met haar toneelstem. Uit het voorvak trekt ze een plastic zakje met groen spul, tabak, vloeitjes en een aansteker. 'Goh, wie had dat ooit gedacht. Mereltje, Mereltje toch. Zeker van vriendje Koek gekregen?'

Merel voelt de grond onder haar voeten wegzakken. Haar keel

snoert dicht. Ze krijgt een déjà vu-gevoel, net als toen met die dooie mus. Wat ongelooflijk gemeen. Vijf minuten geleden kreeg ze nog een kus van Patrijs. Was ze dit toen al van plan?

Patrijs zit keurig rechtop, haar handen ontspannen op schoot. Ze kijkt vol belangstelling van de een naar de ander.

'Kind, kind toch,' verzucht De Witte. Ze begint te ijsberen en mompelt tegen haar ineengeslagen handen. 'Begrijp je wel dat je hiermee al je kansen hebt verspeeld? Ik heb jou heel lang de hand boven het hoofd gehouden omdat ik weet dat je het thuis moeilijk hebt, maar zo kan het niet langer. Het spijt me echt, we moeten je van school sturen.'

Dit kan niet waar zijn. Merel krimpt in elkaar. Waarom heeft Sneeuwwitje haar de hand boven het hoofd gehouden? En ze had het helemaal niet moeilijk thuis, integendeel. Hoe kwam ze erbij? Van Olivier? Nee, Patrijs natuurlijk.

Maar die troep in haar tas? Nu moet ze Patrijs verraden waar ze bij staat. Haar tong wordt twee keer zo dik. Er komt geen woord meer uit haar mond. Ze zou Patrijs nóóit verraden, dat heeft ze gezworen. Als het bonken in haar hoofd begint, springt ze op en holt ze het lokaal uit, de lange gangen door, dwars door de hal. Ze slikt en snuift, een gevecht tegen de tranen. Iemand roept haar naam. Ze schopt per ongeluk tegen een tas in het gangpad. 'Hé, kijk uit, idioot.'

Door een waas van tranen kan ze haar fiets niet vinden. Was ze lopend? Ze kan niet meer denken. Ze moet rennen. Rakelings voor een auto. 'Hé, uilskuiken!'

Iemand blijft schreeuwen. Wordt ze achtervolgd? 'Mirrél, stop!' Twee handen grijpen haar. Ze draaien haar om. 'Wattiserr?'

Ze kijkt in de geschrokken ogen van Koek. Hij voert haar mee naar een bushaltebankje en wacht tot ze weer kan praten.

'Ik ben... ik ben van school gestuurd. Patrijs had wiet in mijn tas gestopt... Sneeuwwitje zei... ze zei...'

Koek springt op. 'Daar! Ze zoekt je.' Zijn armen zwaaien als molenwieken. 'Hierr!'

Sneeuwwitje komt met uitgestoken handen op haar af. 'Sorry, Merel,' hijgt ze. 'Je was zo vlug weg, ik kon je niet bijhouden.' Haar handen belanden op Merels schouders. 'Je hebt het verkeerd begrepen. Ik had het tegen Patricia. Dacht je heus dat ik jou bedoelde?'

Merel bijt op haar trillende lip en knikt. Ja, dat dacht ze heus.

'Jij doet juist enorm je best,' zegt De Witte, alweer wat op adem. 'Je hebt werkelijk een engelengeduld.' Merels gezicht blijft spastisch doen. Nu moet ze het zeggen. 'Het gaat... het gaat helemaal niet goed met Patrijs, ze snijdt zichzelf, ze slikt pillen...'

'Ja, ik weet het. We nemen contact op met Jeugdzorg. Luister Merel, Patricia heeft het jou niet makkelijk gemaakt. Maar ik hoop dat je beseft dat zij daar zelf het meest onder lijdt. Ook al zie je dat niet aan haar.'

24

Wekenlang hoort of ziet Merel niets van Patrijs. Een keer stuurt Merel haar een sms'je: *Ha ptrs, alles goed?* Er wordt niet op gereageerd. Misschien mag dat niet van Jeugdzorg, denkt Merel.
Ze vraagt het aan Sneeuwwitje. Die zegt dat Merel moet afwachten. Ze kunnen op dit moment niets voor haar doen. Ze krijgt nu deskundige hulp en het kan een tijdje duren.
Vol vertrouwen wacht Merel op goed nieuws. Het is saai op school zonder Patrijs. Loes vraagt aan Merel of ze al wat gehoord heeft en Olivier is boos omdat hij zijn jasje nog niet terug heeft.
Met Koek praat ze niet over Patrijs. Hij lijkt opgelucht te zijn nu ze is verdwenen.
Inmiddels is Merel gewend aan haar korte haren. Ze krijgt er veel complimentjes over. Haar wenkbrauwen blijft ze epileren en het blauwe behaatje draagt ze vaak. Dankzij of ondanks het ding beginnen haar borsten te groeien. Haar houding verandert erdoor. Ze loopt kaarsrecht en glimlacht de perfecte glimlach. Er gaat geen dag voorbij of ze denkt aan Patrijs. Als ze terugkomt, vrolijk en gezond, zonder drugs en pillen, dan zullen ze weer goeie vriendinnen worden.

Maar dan komt het krantenbericht, als een donderslag bij heldere hemel. Het eerste uur is ze zo verstijfd van schrik dat ze op de rand van haar bed zit, met haar mobieltje zo strak in haar hand geklemd dat ze hem hoort kraken. Zou Patrijs reageren op haar sms'je? Misschien mag ze niet bellen of sms'jes versturen in het ziekenhuis.
Na een uur gaat hij eindelijk over. Ze neemt meteen op: 'Patrijs, ben jij het?'

'Hallo, kuiken, met mij,' antwoordt Patrijs schor. 'Ik was zo blij met je sms'je. Luister, ik lig hier te sterven van ellende. Ze snappen er niks van, ik krijg hele verkeerde medicijnen... Hallo, ben je er nog?'

'Ja, ik luister,' zegt Merel gespannen.

'Van die medicijnen voel ik me superklote! Maar jij kunt me helpen. Weet je nog... die blauwe pilletjes in mijn kluisje, die superaspirientjes?'

'Ja, ja, dat weet ik nog.'

'Wil je die voor mij ophalen, bij Richard? Hij heeft ze klaargelegd. Hij wil zelf niet komen, hij haat ziekenhuizen. Wil je het doen? Please. Ik lig in het ziekenhuis achter het gemeentehuis, weet je wel. Maar een halfuurtje fietsen. Kom je?'

Merel ruikt onmiddellijk onraad, maar ze laat niets merken. 'Oké. Wanneer is het bezoekuur?'

'Jij mag op elk moment komen. Ik heb tegen de hoofdzuster gezegd dat mijn beste vriendin op bezoek wil komen en dat vindt ze een goed plan.'

Merels gedachten tuimelen door haar hoofd. Dit is helemaal fout. Patrijs wil xtc, misschien is ze wel verslaafd. Ze denkt dat ik stom genoeg ben om die troep voor haar op te halen.

'Hallo, Merel, ben je er nog?' Het klinkt bijna paniekerig. 'Alsjeblieft, ik voel me zo beroerd, je moet me helpen.'

Merel heeft tijd nodig om na te denken. 'Weet Richard ervan?'

'Ja, hij wacht al op je. Schiet op, alsjeblieft, ik hou het hier niet vol.'

'Mam, ik ga even de stad in, ik heb nieuwe schriften nodig. Mag ik wat geld?'

'Ik ga wel mee,' zegt haar moeder. 'Ik moet nog een boek kopen.'

Dan gaat de telefoon. Het is tante Anne. Mooi, dat kan wel een flink tijdje duren.

Haar moeder gebaart al pratende naar haar tas. Met de telefoon tussen haar schouder en haar oor geklemd pakt ze tien euro uit haar portemonnee. 'Momentje, Anne... Ik heb niet kleiner, ga maar gauw.'

Merel fietst keihard. Als ze de weg nog maar weet. Eerst onder het viaduct door. De hoge schoorsteen, de hobbelige weg en dan de omgebogen lantaarnpaal. Niet zo moeilijk.
Waarom bracht Richard die pillen niet zelf? Vast een lulsmoes dat hij ziekenhuizen haat. Niemand houdt van ziekenhuizen.
De grote deur van de garage staat open. Richard loopt fluitend rond, in een vies hemdje en met smeer over zijn wang. Hij steekt een uitlaat omhoog. 'Hoi.'
Merel fietst de hal in, tot vlak voor zijn voeten. 'Hoi,' hijgt ze.
'Heeft Patrijs je vanmorgen gebeld?'
'Ja, een halfuur geleden, ze moest weer stuff hebben en ze kon zelf niet komen.' Hij grabbelt een luciferdoosje uit zijn broekzak. 'Extra sterk, niet meer dan één tegelijk. Zeg je dat erbij?'
'Ja.' Ze houdt haar hand op.
Hij grijnst en houdt het doosje plagerig boven haar hand. 'Ligt ze soms in bed met een kater?'
'Uh... ja.'
'Jij bent niet echt een prater, hè?'
'Uh... nee.'
'Doe haar de groeten en zeg maar dat dit de laatste zijn die ze krijgt. Ik heb niets meer. Ze zijn op, helemaal op!'
'Ja.'
Buiten kijkt ze in het doosje. Vier blauwe pilletjes, extra sterk. Superaspirientjes, haha.
Uit haar tas pakt ze een papieren zakdoekje en vouwt de pillen erin. Ze stopt het diep weg in een van de zijvakjes van haar tas.
Richard weet dus niets van het drama, anders zou hij niet vrolijk fluiten. Zou hij de vader zijn? Nee. In de krant stond dat de baby te vroeg was geboren. Dus zes of zeven maanden geleden, april of mei.

Toen kende zij Patrijs nog niet. Al die vrienden... Zou ze zelf wel weten wie de vader is? En als ze het weet, zegt ze het niet. Net als Carmen, Koeks moeder.

Maar wist Patrijs wel dat ze zwanger was? Ze voelde zich ziek, zwak en misselijk. Ze werd steeds dikker, terwijl ze weinig at. Dat zeg je niet als je weet dat je zwanger bent.

Merel fietst naar de drogist. Ze snuffelt langs de schappen met vitaminen. Ze kiest een klein potje met kauwtabletten voor extra energie, bananensmaak.

Buiten trekt ze het dekseltje los en stopt een driehoekige pil in haar mond. Ze kauwt. Lekker. Vier pillen stopt ze in het luciferdoosje. Ze fietst iets rustiger. Iedereen is dom totdat het tegendeel bewezen is. Dit is een slimme truc van haar. Alleen nog afwachten of Patrijs erin trapt. Waarschijnlijk wel. In de trant van de Patrijs-wijsheden zal ze wel denken: hoe groter, hoe beter.

In gedachten gaat Merel terug naar de allereerste dag. Toen ging Patrijs met Stefan. Daarna met Olivier, Wouter, Richard en nog een stel oudere jongens van school die Merel niet van naam kent. Opeens denkt ze terug aan die rare dag dat ze dronken werd. Toen Patrijs vadertje en moedertje wilde spelen met haar als kind. Dan schiet het beeld weer voor haar ogen dat Patrijs naast Paul op de bank zat. Zoals ze zijn benen over haar schoot trok, alsof ze geliefden waren.

'Jij bent Merel, de vriendin van Patricia?' vraagt een zuster achter de informatiebalie. 'Ga maar gauw naar haar toe. Kamer 219, tweede verdieping.'

Door de lange gangen lopen mensen in witte jassen elkaar haastig voorbij. Uit een kamer wordt een leeg bed op wieltjes gemanoeuvreerd. Ze moet wachten tot ze erlangs kan. Even later staat ze voor de kamerdeur waar Patrijs ligt te sterven van ellende. Ze slikt en balt haar handen tot vuisten. Als ze zachtjes klopt komt er geen reactie. Dan drukt ze haar gewicht tegen de deur en ziet een leeg bed.

In het andere bed, bij het raam, ligt Patrijs. Merel herkent de blonde lokken, die korter zijn. Slaapt ze? Nee, een arm met een wenkende hand. 'Kom je nog? Ik heb geen besmettelijke ziekte.'

Merel snelt naar het bed en pakt de hand. Een koude klamme hand. Fletse ogen zonder make-up kijken haar aan. Patrijs' opgekrulde bovenlip zegt genoeg.

'Hoe gaat het?' De woorden komen stroef uit Merels keel.

Patrijs ademt hoorbaar, haalt haar neus op en slikt. 'Zwaar klote, ik zweet peentjes en kan alleen maar janken en rillen. Luister... hoor je me klappertanden?'

Haar duim gebaart naar de deur. 'Dicht alsjeblieft. Hoe wist je dat ik hier was?'

Oei, wat een rotvraag. Ze kan Patrijs moeilijk vertellen dat ze voorpaginanieuws is.

'Nou, kijk... Ik hoorde maar niets, ik dacht: kom, laat ik weer eens een sms'je sturen.'

'Je kunt nog steeds niet goed liegen. Ik sta in de krant, hè? Wat staat er precies?' Patrijs drukt zich omhoog. Het crèmekleurig flanellen pyjamajasje zit tot haar hals dichtgeknoopt.

Merel probeert onopvallend haar blik te ontwijken. 'Ik weet niet precies, iets van: meisje van vijftien laat baby vallen.'

'Laat baby vallen? Stond dat er? Of stond er "per ongeluk" bij? Kut, ik mag hier niet eens bellen. Gelukkig hebben ze mijn mobiel niet afgepakt. Ik heb je stiekem onder de dekens gebeld. Ik had je al veel eerder willen bellen, maar ik was bang dat je nog kwaad op me was.' Ze rilt.

Merel hoort haar inderdaad klappertanden.

'Heb je ze?' Patrijs houdt haar hand op.

Merel aarzelt. Het moet geloofwaardig klinken. Ze zet haar tas op het voeteneinde en pakt het doosje eruit. 'Mag dat wel, je eigen pillen slikken? Kan dat geen kwaad?' Ze houdt het doosje in haar vuist geklemd.

Patrijs probeert haar vingers open te wrikken. 'De dokter hier is ver over de houdbaarheidsdatum. Hij geeft mij medicijnen waar ik hondsberoerd van word, dat zie je toch.'

Merel opent haar vuist. 'Eén pil tegelijk, ze zijn extra sterk.'

Met trillende vingers opent Patrijs het doosje. 'Holy shit, wat een kanjers. Die krijg ik nooit door mijn strot.'

Merel twijfelt. Als ze uitlegt dat Patrijs erop mag kauwen wordt ze misschien achterdochtig.

Patrijs reikt Merel een leeg glas aan. 'Beetje water, alsjeblieft. Eerste deur rechts. Toe dan!'

Merel gehoorzaamt. Ze doet er een scheutje warm bij omdat Patrijs zo bibbert. Wat is ze eng mager geworden. Waar zou ze al die tijd geweest zijn?

Patrijs heeft de pil kennelijk al in haar mond. Ze neemt een slok, slikt en gruwelt. 'Bah, lauw water.' Ze zet het glas op het kastje naast haar en slaat haar deken open. 'Kom effe naast me liggen, ik heb het zo kou-hou-houd.'

'Mag dat?'

'Ja. Hun willen dat ik ga praten. Tot nu toe heb ik alleen nog maar "weet ik veel" gezegd.'

Merel pakt haar tas van het voeteneinde en zet hem onder het bed. Ze trapt haar schoenen uit en duikt onder de deken, zo dicht mogelijk tegen Patrijs aan. 'Beter?'

'Hmmm!' Patrijs legt haar hoofd op Merels schouder. 'Pffff... Ik ben zo blij dat je er bent, kuikentje. Jij bent zo trouw als een hond.'

Bij iedere rilling klemt Merel haar dichter tegen zich aan. 'Waar was je al die tijd nadat je van school was gestuurd?'

Patrijs drukt haar gezicht tegen Merels hals en mompelt iets onverstaanbaars.

'Wat?'

'Bij Richard. In de caravan achter de garage. Ik heb nu effe geen zin om te kletsen... ben zo moe.'

'Maar je zou toch deskundige hulp krijgen?' vraagt Merel verbaasd.

Er klinkt een honend lachje. Even later ademt Patrijs rustig. Ze slaapt. Aan de uitgroei in haar haren kan Merel zien dat ze gewoon donkerblond is. Onder de deken zoekt ze haar hand. Haar vingers raken iets hards. De ring van Oliviers moeder? Ze pakt de koude hand en wrijft hem zachtjes warm. De zwarte nagellak is grotendeels afgebrokkeld.

Er verschijnt een zuster in de kamer. Ze lacht lief en bestudeert een kaart aan het voeteneinde van Patrijs' bed. Even snel verdwijnt ze weer.

Merel voelt zich tevreden. Dit heeft ze slim opgelost met die vitaminepillen. Nu zal alles wel weer goedkomen. Hier is Patrijs in veilige handen. Ze moet toch wel diepongelukkig zijn geweest. Verschrikkelijk wat ze heeft meegemaakt. En nu ligt ze hier wéér alleen. Geen moeder, geen broer.

Zou haar vader dronken zijn geweest toen hij met tweehonderd kilometer per uur uit de bocht vloog? En haar stiefvader, zou ze van hem hebben gehouden? En dan ook nog een scheiding. Merel moet er niet aan denken dat haar ouders zouden scheiden. Ze kijkt uit het raam. Patiënten in ochtendjassen wandelen door de tuin. Zou Patrijs hier nog lang moeten blijven? Misschien moest ze met psychotherapeuten praten over... Hoe noemde ze dat ook weer 'persoonlijkheidsstoornissen'? Dat wil ze niet.

Plotseling hoort Merel 'bóé!' in haar oor. Ze schrikt nauwelijks. 'Heb je geen slecht geweten meer?' vraagt Patrijs plagerig. 'Ik ken je inmiddels,' antwoordt Merel.

'Shit... ik moet vreselijk nodig plassen.' Patrijs glijdt uit bed en sprint naar de badkamer alsof ze in topconditie is.

Merel denkt aan de baby. Die was doodgeboren, nou ja, dat stond in de krant. Zouden ze dat nog onderzoeken? Maar een baby laat je niet per ongeluk van het balkon vallen. Misschien wilde Patrijs ook naar beneden springen, maar durfde ze dat niet.

Ze denkt aan de eerste schooldag, toen Van der Gissen de naam 'Patrijs' bedacht. Toen zei ze toch al zoiets? 'Als ik het hier zat ben vlieg ik weg.' Wat zou ze daarmee bedoeld hebben?

25

Merel staart naar buiten. Opeens hoort ze een stem vlakbij. 'Dag, merelmeisje.' Het is Patrijs. Ze ziet er schitterend uit met haar blonde haar netjes gekamd rond haar bescheiden opgemaakte gezicht. Ze lijkt op een engel, zo in een wit gewaad en met de volle roze lippen en lichtblauwe oogschaduw. Alleen haar vleugels ontbreken. Ze kijkt ernstig. Hoe zou ze aan die witte jas gekomen zijn?

'Ik ben dokter Perdix, aangenaam,' zegt ze met vriendelijke stem. 'Ik hoorde dat uw vriendin het padje kwijt is... Oh ja, én haar kindje. Slordig, hoor. Had u niet een beetje beter op haar kunnen letten? U wist toch dat ze knettergek was?'

Merel is zo overdonderd dat ze geen woord kan uitbrengen.

'Nou?' De roze lippen vormen een snavel en de ogen staren haar scheel aan. 'En Mirrél zegt: tsjink-tsjink-tsjink. Ha lieffie, *move your ass*! Haha, ik voel me stukken beter dankzij jouw toverpillen.' Ze trekt de witte doktersjas uit en schuift naast Merel in het bed.

Merel is nog steeds sprakeloos. Ook als Patrijs haar hand pakt en op haar buik legt. 'Voel eens hoe leeg. Het lijkt wel alsof ik nu een gat in mijn buik heb.'

'Wist je niet dat je zwanger was?' fluistert Merel, alsof er allemaal oren tegen de dichte deur gedrukt worden.

Patrijs likt over haar voortanden en schudt haar hoofd. Ze bestudeert het plekje op Merels duim waar haar wrat ooit zat. 'Nee. Mijn buik werd dik en hard, ik dacht dat ik darmkanker had.'

'Oh? En waarom ben je niet naar...'

'Ik haat dokters, dat weet je toch. Bovendien ga je eraan dood. Mijn vader had het ook.'

'Jouw vader? Die verongelukte toch met de auto?'

'Ja, omdat hij ongeneeslijk ziek was. Hij reed zich te pletter tegen een boom. Uit-ons-leven-gevlogen,' zegt ze en ze maakt een theatraal gebaar. 'Toen was ik zó kwaad op hem, zo verschrikkelijk...' Ze maakt haar zin niet af omdat ze adem tekortkomt. Met vlakke stem zegt ze: 'Vanaf dat moment wist ik dat geen mens te vertrouwen is.'

Merel schrikt. Dan heeft haar vader zelfmoord gepleegd. 'Dus jij dacht...'

'Ja, ik dacht dat ik dood zou gaan. En nee, ik vond het niet erg.'

'Ben je toen ook begonnen met... met die zelfverwondingen?'

Met haar ogen nog gesloten geeft Patrijs een duidelijke knik.

'En nu? Nu wil je toch zeker niet meer... dood?' Merel krijgt het woord bijna niet over haar lippen.

Patrijs grimlacht. 'Dat vragen ze hier allemaal. Als ik ja zeg, dan sluiten ze me op. Als ik nee zeg geloven ze me niet.'

Merel is met stomheid geslagen. Er vliegen zo veel emoties door haar heen dat ze kippenvel op haar armen voelt. Troostzoekend slaat ze haar arm om Patrijs heen.

Een zuster komt de kamer binnen en laat de jaloezieën zakken. 'Wat willen jullie drinken?'

'Ik lust wel een breezertje ananas en voor mijn vriendin een rum-cola graag.'

'Zo, hoor haar, ze krijgt weer praatjes,' zegt de zuster lachend. 'Ik pers wel een sinaasappeltje voor jullie uit. Ben zo terug.'

Patrijs trapt de deken naar beneden. 'Blijf je nog even? Mijn moeder komt zo. Ik heb gevraagd of ze Oliebeer meebrengt, anders kan ik niet slapen.'

'Wil je niet liever met je moeder alleen zijn?'

Patrijs trekt haar bovenlip op. 'Juist niet.'

'Is je moeder erg geschrokken?'

'Weet ik veel. Ze doet poeslief als er anderen bij zijn. Maar ik weet dat ze zich rot schaamt. Ze blijft maar doordrammen over wie toch de vader was. Alsof dat nu nog iets uitmaakt.'

'Wat heb je gezegd?'

'Ik noemde een stuk of zes namen, haha, bij de zesde naam ont-plofte ze. Ach, ze moet niet zeuren. Zij duikt haar hele leven al met iedere vent de koffer in, zelfs toen mijn vader nog leefde.'

Merel trekt haar mouwen over haar handen en vraagt zachtjes: 'En, weet je het echt niet?'

Patrijs kruist haar benen over elkaar. Op de plek van haar grote tenen zitten er gaten in haar sokjes. Ze beweegt haar tenen door de gaten. 'Kiekeboe.' Ze geeuwt en ademt met kleine pufjes uit. 'Als iemand het zou kunnen weten, dan ben jij het.'

Merel trekt haar mouwen nog verder omlaag zodat het slappe handjes lijken.

'Nou, zeg maar wat je denkt!' commandeert Patrijs en ze grijpt Merel slappe handjes.

Merel fluistert in haar oor: 'Ik denk dat je medelijden had met Paul, toen hij ziek uit Duitsland kwam. Dat je hem wilde troosten en bij hem in bed kroop. Net zoals ik nu bij jou in bed lig.'

Stilte.

Patrijs' voeten schuiven onrustig heen en weer. De deken glijdt van het bed.

Merel vervolgt: 'Ik geloof dat je het niet eens met al die andere jongens hebt gedaan, omdat je niet uit je kleren wilt. Stefan ruil-de je in voor Daisy Bell. En Olivier noemde jou een ijskoude.'

Patrijs bukt diep om de deken van de grond te vissen. Ze kan er niet bij.

De verpleegster verschijnt en zet twee glazen sap op het kastje. 'Kijk eens, drink maar meteen op, dan kan ik de glazen weer meenemen.' Ze raapt de deken van de grond en drapeert deze netjes over hun benen.

Ze pakt een lok van Patrijs' voorhoofd en schuift hem achter haar oor. 'Fijn dat je beste vriendin er is. Ik ben blij dat je er weer zo goed uitziet.' Als ze met de glazen in de deuropening staat zegt ze tegen Merel: 'Blijf je niet zo lang meer? Patricia moet goed uit-rusten.'

Merel plukt pluisjes van de deken. Als de verpleegster weg is zegt ze: 'Ik heb je vaak gehaat, echt, soms kon ik je wel vermoorden. Maar ik heb je nóóit verraden.'

'Nee, waarom eigenlijk niet?' vraagt Patrijs luchtig.

Merel voelt zich verlegen. 'Zul je me niet uitlachen?'

'Dat wel!'

'Toe, doe nou eens serieus.'

Patrijs strijkt met haar hand de grijns van haar mond weg. 'Oké.'

'Nou. Ik heb wel eens gelezen dat haten en houden van dicht bij elkaar liggen.' Merel wil nog veel meer vertellen, maar Patrijs grijpt haar kin. 'Kijk me aan, malloot!' Ze trekt haar rare vogelbek en piept: 'Ik ook van jou!'

De deur gaat weer open. Een mooie vrouw in een prachtige jurk stapt op Patrijs af. Ze heeft lang zwart haar en grote blauwe ogen. Een brede glimlach. Ze zou een oudere zus van Patrijs kunnen zijn. 'Je ziet er goed uit, meid,' zegt ze glimlachend. Ze bukt om Patrijs op haar wang te kussen. De kus komt op haar oor terecht. Ze stelt zich voor als Patricia's moeder. 'Jij bent Merel? Heb jij haar opgevrolijkt?'

Uit een grote tas tovert ze Oliebeer tevoorschijn. 'Merel, ik denk dat jij je plekje af moet staan aan deze kerel. Haha, dat rijmt.'

Merel glijdt snel uit bed.

Patrijs maakt grijpgebaren. 'Ach lieffie, niet weggaan, blijf nog even.'

'Ik moet echt naar huis. Zal ik morgen na school weer komen?'

Patrijs knikt met een pruillip. Ze blaast kushandjes naar Merel. 'Bedankt dat je kwam.'

Merel trekt de deur niet helemaal dicht. Ze blijft met gespitste oren luisteren. Door de kier ziet ze dat Patrijs' moeder op een stoel bij het raam zit, met haar rug naar Patrijs.

'Nog geen vermoeden?' vraagt haar moeder met een andere stem dan daarnet. Koeler. Patrijs heeft haar gezicht in Oliebeer verstopt. Merel kan niet goed verstaan wat ze zegt, het klinkt als: 'Flikker toch op, mens, ik haat je.'

Dan is het een tijdje stil. De stoel wordt verschoven. Haar moeder rommelt in haar tas.

'Ik heb er nog eens goed over nagedacht, maar als jij van plan bent om met Jan en alleman in bed te blijven duiken, dan kun je maar beter een prikpil krijgen. Ik heb het er met de arts al over gehad. Zo'n drama als dit wil ik niet nog eens meemaken. Op de dansschool gonst het van de geruchten, ik ben bang dat ik een hoop klanten kwijtraak.' In haar hand houdt ze een pakje sigaretten.

Aan het einde van de gang loopt de verpleegster. Ze groet. Merel steekt een vinger op, zoals Koek dat altijd doet. Dan wandelt ze naar de trap. Ze voelt spijt dat ze niet wat langer is gebleven. Dan zou Patrijs' moeder vast niet zo onaardig gedaan hebben.

'Ha, kind, is het gelukt?' vraagt haar moeder vanaf de bank. 'Wat?'

'Heb je leuke schriften gekocht?' Haar moeder legt haar boek op het tafeltje en heft uitnodigend haar arm op.

Merel duikt eronder. Het voelt veilig en vertrouwd. Haar ogen glijden langs de vazen met bloemen, de schone ramen, de blinkende kandelaars, de smetteloze vloer. 'Wat ruikt er zo lekker?'

'Krentenbrood. Over vijf minuten klaar, heb je trek?'

'Ik rammel. Fijn huis is dit eigenlijk.'

'Lief dat je dat zegt. Hoe was het met Patrijs?'

Haar moeders zesde zintuig weer. 'Hoe weet je dat ik daar was?'

'Zomaar een vermoeden. Ik hoorde je niet zingen onder de douche. Geen natte handdoek, wel twee platte toiletrollen.'

Merel trekt haar benen onder zich. 'Ik had Patrijs vanmorgen een sms'je gestuurd. Ze wilde heel graag dat ik langskwam. Ze voelde zich meteen een stuk beter.' Zo te zien was haar moeder niet kwaad om het leugentje. Integendeel.

'Fijn. Goed dat je gegaan bent. Wie was nou de vader?'

Merel haalt haar schouders op. 'Weet ik niet.'

'Weet ze het zelf? Had die moeder van Patrijs dan echt niets in de gaten?'

'Hmm... Ze heeft een rare moeder. Die is alleen maar bang dat ze klanten kwijtraakt door het geroddel. Nu wil ze dat Patrijs een prikpil krijgt.'

Merels moeder zucht. 'Het arme kind. Zou ze niet een tijdje bij ons willen logeren?'

'Ja, misschien. Ik zal het vragen. Morgen na school ga ik nog even langs.'

Op haar kamer zoekt ze in de zijvakjes van haar tas naar het zakdoekje met de pilletjes. Weg! Potverdorie. Verloren? Ze denkt diep na. De tas heeft wel een paar minuten bij Patrijs op bed gestaan toen ze water moest halen. Zou Patrijs ze gepakt hebben? Dat zou heel goed kunnen.

Een akelig gevoel bekruipt haar. Voordat ze gaat slapen stuurt ze Patrijs een sms'je. *Alles goed? Lfs Mrl.*

Prompt krijgt ze een beeldberichtje terug met een vliegend engeltje. *Kanniebeterlieffie, love u 4 ever!*

26

De volgende ochtend vangt Sneeuwwitje haar bij de poort van de
school op. Ze leidt Merel naar de lerarenkamer. Zwijgend laten
twee leraressen hun kopjes koffie achter.
Merel krijgt kippenvel van hun grafgezichten. Wat is er in godsnaam aan de hand?
'Ga zitten, Merel. Wil je wat drinken?'
'Nee, dank u.' De stoel voelt nog warm van de billen van de lerares Duits. Merel kijkt hoe Sneeuwwitje zichzelf een beker koffie
inschenkt en onhandig een slokje neemt. De beker belandt te
hard op tafel, er gutst koffie over het kleedje.
Merel staart naar de rode lipafdruk op de witte beker en krijgt
een afschuwelijke gedachte.
'Is er iets met Patrijs?'
De Witte dept aandachtig met een papieren zakdoekje de vlek in
het kleed. 'Ze is vannacht heel onverwacht gestorven. Eerst een
overdosis slaappillen en daarna heeft ze...' Ze aarzelt even en
maakt een propje van het zakdoekje. Dan fluistert ze: 'Heeft ze
haar pols doorgesneden met een stanleymes.'
Het woord stanleymes echoot door Merels hoofd. Het snijdt haar
hersenen tot gehakt. Vaag in de verte klinkt Sneeuwwitjes stem.
'De artsen snappen niet hoe ze aan die spullen is gekomen. Ze
denken dat...'
Dan voelt Merel al het bloed uit haar hoofd zakken, om haar
heen verschijnen sterretjes.
Even later ligt Sneeuwwitjes hand in haar nek. Haar hoofd zit
tussen haar knieën. 'Diep en langzaam ademhalen... Rustig
maar. Natuurlijk schrik je daarvan. Arm kind. Ik haal snel een
glaasje water.'

De Witte laat haar drinken. Het koude water bezorgt haar rillingen en darmkrampen. Ze verstopt haar gezicht achter haar handen en juist als ze wil zeggen: 'Ik heb Patrijs vermoord,' zegt De Witte: 'Jij en haar moeder zijn de laatste twee die bij haar op bezoek waren. In het ziekenhuis willen ze je graag een paar vragen stellen.'

Merel sluit haar mond en knikt.

'Ik breng je nu naar huis, ja? Dan zal ik het verder wel met je moeder bespreken. Is ze thuis?'

Als versteend zit Merel aan de keukentafel. Haar handen omklemmen een glas koude cola waar ze echt geen trek in heeft. Haar gedachten draaien rond in een kolkende mist.

De Witte praat met haar moeder. Ze belt. Weer praten. Nog eens bellen.

Onopgemerkt sluipt Merel de keuken uit en vlucht naar haar kamer.

Eén gedachte heeft zich inmiddels in haar brein verankerd: dat het háár schuld is!

Het doet zo'n pijn dat alle andere pijnen erbij verbleken. Wat zei Paul ook weer over Patrijs? 'Ze vindt lichamelijke pijn minder erg dan pijn vanbinnen.' Nu begrijpt Merel het.

Haar lichaam voelt vreemd. Bijna als het lijf van iemand anders. Is ze langzaam gek aan het worden, net als Patrijs?

Ze schuift achter haar bureau en draait de passer rond in haar handen. Dan prikt ze met de punt kleine kuiltjes in haar onderarm. Ze krast de P van Patrijs in haar huid en kijkt naar de witte letter. Daarna schrijft ze de hele naam. Bij de s ziet ze kleine bloeddruppels, die langzaam aangroeien, tot ze kunnen rollen. Op het moment dat de eerste druppel op het kleed valt, zakt ze van haar stoel.

Ze ligt in bed met haar ogen dicht. Haar arm is verbonden. Ze hoort haar moeder met De Witte praten. Nee, andersom. Ze vangt stukjes van het gesprek op. De woorden fladderen als nachtvlinders door de lucht.

'Ja, juist die gevoelige meisjes... extra vatbaar... lijkt wel besmettelijk... niet te veel nadruk op leggen.'

Hoort ze een snif? Huilt haar moeder? Ja, haar moeder is in tranen uitgebarsten.

Zij kan niet meehuilen, want zij is de rots in de branding. Rotsen voelen niets.

De volgende morgen zit Merel tussen haar ouders in de wachtkamer van het ziekenhuis.

Ze zit daar en ademt. Verder niets. Die nacht heeft ze als een baby in het grote bed geslapen, in de armen van haar moeder.

Een oudere arts komt op hen af.

Ze staan op en schudden handen.

'Fijn dat u bent gekomen, we weten inmiddels hoe Patricia aan de pillen en het mesje is gekomen.'

Merel staat klem tussen haar ouders. Ze hoort de woorden maar de betekenis dringt niet tot haar door. Heeft hij haar hand ook geschud? Haar handen zijn loodzwaar, ze kan ze nauwelijks bewegen.

De stem vervolgt: 'Ze zaten verstopt in haar beer. Een stanleymesje en een pingpongballetje met slaappillen. Haar moeder was die pillen al maanden kwijt. Een verpleegster zag het gat in de buik van de beer. Toen ging bij haar een lampje branden. Ze vond het kapotte balletje waar nog een restje van de pillen in zat. Waarschijnlijk ook xtc-pillen. Het mesje lag onder de dekens naast haar mobieltje.'

Die bobbel was dus een pingpongballetje, flitst het door Merels hoofd. Wat typisch, Patrijs dacht ook dat ze een bobbel in haar buik had, net als haar vader. Het gat in de buik van de beer. De woorden gonzen door haar hoofd als een vrolijk gedichtje. Ze oefent de zin hardop. 'Het gat in de buik van de beer. Het gat in de buik van Patrijs.'

'Wat zeg je?' vraagt de dokter. 'Wist jij er iets van? De laatste sms'jes stonden nog op haar mobiel. Om kwart over tien, zaterdagavond. Een berichtje van jou, denk ik? *Alles goed? Lfs Mrl* en dan haar antwoord: *Kan niet beter lieffie, love you for ever!* Waarschijnlijk was ze toen al onder invloed van de xtc. Een paar uur later vond de zuster haar. Helaas te laat.'

Haar ouders draaien zich geschrokken naar haar om. 'Merel, wist jij er iets van?'

'Nee. Echt niet.' Haar stem klinkt raar, alsof ze liegt. Kijken ze haar daarom zo achterdochtig aan?

Moet ze nu vertellen over de pillen van Richard? Dan zullen ze haar direct arresteren. So what? Ze doen maar. 'Ik...' Haar stembanden verkrampen, ze kan geen lucht meer krijgen.

Haar moeder trekt haar tegen zich aan. 'Ze is nogal overstuur op dit moment,' legt ze uit.

De dokter praat verder met haar ouders. 'Patricia's moeder had haar die beer gebracht omdat ze zonder hem niet kon slapen. Ze had er geen idee van wat er in de buik verborgen zat. Een enorme schok voor haar, dat zult u begrijpen. Het valt niet mee om zulke jongeren goed te begeleiden. Ze kunnen hun wanhoop briljant camoufleren. Enerzijds snakken ze naar aandacht, anderzijds willen ze geen loser lijken.'

Hij grijpt iets uit de zak van zijn witte jas en komt een stapje dichterbij. 'Jij bent dus Merel. Dan is dit voor jou. Waarschijnlijk is het een afscheidsbriefje. Het is verzegeld met nagellak en jouw naam staat erop. Lees het hier maar. We willen het graag houden in het geval er verder onderzoek gedaan moet worden door de politie.'

Merel pakt het luciferdoosje aan alsof het een snoepje is. 'Dank u wel.' Ze gaat op een stoel zitten en draait een kwartslag om de nieuwsgierig blikken geen kans te geven.

Als ze het doosje openpeutert hoort ze de arts met gedempte stem praten. 'Het meisje deed al een paar jaar aan automutilatie zonder dat haar moeder ervan wist.' Zijn stem klinkt steeds zachter. Merel spant zich tot het uiterste in om hem te verstaan. 'Denk u dat uw dochter ervanaf wist? Zij waren toch goeie vriendinnen, heb ik begrepen.'

Merel hoort de hoge stem van haar moeder ratelen. Er valt niets van te verstaan. Dan praat de arts weer. 'Ik vermoed dat ze al een tijdje suïcidaal was. De verpleging hield haar nauwlettend in de gaten en dan gaat het toch nog mis, op zo'n onverwachte manier. Het is trouwens verbazingwekkend hoe zo'n kind in een keer haar slagader heeft weten te raken. De meeste mensen hebben geen idee waar die zit.'

In het doosje zit een opgevouwen servetje met daaronder de diamanten ring. Snel vouwt Merel het open en leest ze het gekrabbel. Waarschijnlijk met een wenkbrauwpotloodje geschreven. Er staan vijf knalrode lipafdrukken als kusmondjes rond de tekst. Elke afdruk heeft een andere vorm. Als Merel ook nog de geur van haar parfum ruikt, vullen haar ogen zich met tranen.

Voor Merel (en niemand anders!!!)

1000 x sorry!!! Ik was vaak gemeen tegen je maar dat kwam omdat ik me altijd zo klote voelde. Dan wilde ik dat jij je ook zo voelde. Maar jij bleef altijd aardig en dat snapte ik niet. Dan hate ik mezelf weer. Maar ik kan niet van mensen houde, want als je van ze houd, dan laten ze je toch weer in de steek. Altijd!

Niemand mag het weten!!! je had dus gelijk over Paul. (Jij bent de enige die ik vertrouw.)

Het was allemaal zooo afschuweluk. Ik dacht echt dat ik het babietje dood geperst had. Hij ademde niet. Hij zat onder de poep, helemaal paarsblauw, ik viel bijna flauw van angst. Ik wist niet wat ik moest doen. Zonder nadenke heb ik hem in een handdoek gewikkelt en boven het balkon losgelaten.

Toen hoorde ik opeens een geluidje en toen was het te laat. Nu wil ik geen pijn meer voelen, zo veel pijn kan ik echt niet verdrage. En het spijt me dat

ik jouw nou in de steek laat, maar jij bent veel sterker als ik. Dag lieffie.
Hou je taai. Love u. xxx
By the way... see you in paradise, Patrijs
Pssst... De ring van Oliviers moeder is voor jouw want dan denk...

De rest van de tekst is onleesbaar. De punt van het potloodje was blijkbaar op. Direct na het lezen draait Merel er een propje van en steekt het in haar mond.

Het doosje met de ring wordt uit haar hand gepakt.

'Alleen een ring?' vraagt de dokter. 'Geen briefje?'

Merel slikt, knikt ja en schudt nee. Haar tranen laat ze ongegeneerd lopen. Het vreselijke geheim van Patrijs zit veilig in haar maag. Met een bibberstem legt ze uit dat de ring van Oliviers moeder is en dat Patrijs aan haar had gevraagd om die terug te geven.

De pijn komt in vlagen. Minutenlang voelt Merel zich zo ellendig dat ze alleen kan kreunen.

Alles doet zeer aan haar lichaam. Zelfs het knipperen met haar ogen, haar ademhaling en de geluiden van buiten die haar oren binnendringen. De wereld draait gewoon door, alsof er niets is gebeurd.

Haar ouders proberen haar te troosten, te laten praten, te laten huilen, te laten eten. Hoe langer ze bij haar zitten, des te nukkiger wordt ze. Ze drinkt alleen nog water. Honger heeft ze niet. Het geheim in haar maag houdt haar misselijk. Ze wil met rust gelaten worden. 's Nachts schrikt ze steeds wakker. Dan droomt ze over paarsblauwe baby'tjes die in en onder haar bed kruipen. Ze spelen met scherpe mesjes. Als ze die af wil pakken beginnen ze te krijsen. Overdag doet ze droomloze hazenslaapjes.

The dreams in which I'm dying are the best I've ever had.
Ik vermoed dat ze al een tijdje suïcidaal was.
By the way... see you in paradise, Patrijs

Ja, had ze maar net zo veel lef als Patrijs. Een allesoverheersend gevoel van waardeloosheid grijpt haar bij de keel.

De momenten dat ze wakker is houdt ze haar ogen dicht omdat het hemelsblauwe plafond, waar ze eerst zo blij mee was, haar nu alleen maar hoofdpijn bezorgt.

De vloer ligt bezaaid met frommelpropjes vol snotterig verdriet. Oneerlijk verdriet, zelfmedelijden, schuldgevoel. Mislukkelingen hebben geen recht op medeleven.

Ze maakt zichzelf wijs dat alle ellende vanzelf op zal houden door er niet over te praten. Ze krabt de korstjes van haar arm. Alleen de laatste twee letters van Patrijs' naam zijn nog te lezen, 'ijs' begint opnieuw te bloeden. Ze likt de verse wondjes schoon en voelt hoe haar spieren zich ontspannen. Zij is een ijsrots die langzaam ontdooit.

Nu begrijpt ze waarom Patrijs zichzelf verwondde. De lichamelijke pijn werkt kalmerend.

Na drie dagen sturen haar ouders Roy op haar af. Roy, die anders de trap niet op mag.

Hij kruipt onder haar dekbed dicht tegen haar aan. Hij kreunt van genot, vooral als ze hem krabt boven zijn staart, zijn jeukplekje.

Ze voelt de klitten onder zijn buik. Haar schuld, ze moet hem nodig borstelen. Hij stinkt. Zijn oren heeft ze al weken niet schoongemaakt. Opeens moet ze huilen, verschrikkelijk hard huilen. Haar moeder stormt de kamer binnen en drukt zich als een grote zakdoek tegen haar aan.

Met de tranen komt ook de bevrijding, nu is ze geen rots meer, alleen nog maar branding.

De volgende dag verschijnt Koek met een bloedende schaafwond op zijn voorhoofd. Hij kijkt droevig. 'Ik hoorde dat je verdriet hebt. Ik kwam direct op de fiets hierheen. Was geen goed idee. Ben gevallen.'

Merel trapt haar dekbed omlaag en stapt uit bed. Ze maakt een handdoek vochtig en dept zijn hoofd. 'Au,' roept Koek.

'Wat nou,' sust Merel. 'Iemand die op zijn handen kan lopen, móét kunnen fietsen. Wil je soms dat ik je fietsles geef?'

'Nou...' Onweerstaanbaar lieve kuiltjes verschijnen in zijn wangen. Ze gaat dicht naast hem zitten, hun knieën raken elkaar. Er schiet een tinteling door haar lichaam.

Als hij een arm om haar heen slaat en vraagt hoe ze zich voelt, begint ze opeens te praten. Over de dikke buik die Patrijs kreeg. Het vele braken. Dat ze al heel lang niet ongesteld was. Ieder ander had allang onraad geroken. Maar zíj niet.

De xtc-pillen in het papieren zakdoekje. Dat ze had moeten weten dat Patrijs in haar tas zou snuffelen. Dat ze zo ongelooflijk stom is geweest en zich vreselijk schuldig voelt. Zo'n waardeloze vriendin. Zonder die pillen had ze vast nog geleefd.

Ze drukt haar vuisten tegen haar mond en zucht trillerig.

'Niet huilen. Dan moet ik ook huilen,' fluistert Koek. Hij slaat zijn arm om haar schokkende schouders. Het lijkt wel alsof híj troost zoekt, ze hoort hem sniffen.

Ze vraagt vanachter haar vuisten. 'Wat vind jij? Moet ik alles vertellen?'

'Aan wie?'

'Aan mijn ouders. Aan school, aan Patrijs' moeder?'

'Ach,' zegt Koek. Hij strijkt met zijn oor over het hare. 'Iedereen heeft wel errgens spijt van.'

'Maar ik voel me zo schuldig dat ik er ziek van ben.'

Zijn adem verwarmt haar gezicht. 'Ik denk dat die pillen niet veel verschil hebben gemaakt. Omdat je veel te lief bent, heb je nu een schuldgevoel. Zij heeft misbruik van jóú gemaakt. Sommige dingen kun je beter verrzwijgen, omdat niemand er wat mee kan.'

Aarzelend schuift hij de mouw van haar pyjama omhoog en streelt over haar litteken. 'Er zijn ook dingen die je niet te lang geheim moet houden, omdat je err dan alleen maar last van hebt.'

Merel pakt zijn hand. Voorlopig laat ze die niet meer los. 'Goed,' zegt ze. 'Ik zal naar gymnastiek gaan, als jij gewoon Nederlands praat op school.'
Hij schaterlacht. '*Estupendo, mi chica bonita!*'

Over dit boek

Op een ochtend las ik een berichtje in de krant over een meisje die haar baby van het balkon gooide, zie pagina 6. Het meisje in het oorspronkelijke bericht was amper dertien jaar. Mijn eerste reactie was afschuw. Hoe zouden kinderen reageren als ze zo'n berichtje lezen, vroeg ik mij af. Zij zullen het vast nauwelijks kunnen geloven. Het past meer in een griezelfilm dan in het werkelijke leven. Het artikel bleef maar door mijn hoofd spoken en ik verzon allerlei motieven over hoe iemand tot zo'n wanhoopsdaad gedreven kan worden.

Misschien zouden we milder op zo'n bericht reageren als we het meisje leren kennen, bedacht ik me. Daarom leek het mij zinvol om dit boek te schrijven. Wel heb ik Patrijs twee jaar ouder gemaakt, omdat het zo'n schokkend en heftig thema is.

Merel denkt dat ze een waardeloze vriendin was. Dat ze alleen maar domme dingen deed. Misschien heeft ze wel fouten gemaakt, maar als schrijfster denk ik dat Patrijs zich geen betere vriendin had kunnen wensen. En hoe slecht is Patrijs?

Ik hoor graag wat jij ervan vindt. Als je wilt kun je me een bericht sturen: helena@schoonderbeekhoeve.nl

Helena Hanstede